静默书

任晓雯 / 著

上海文艺出版社

目录

日瓦戈之死
——读《日瓦戈医生》
001

唯有悲惨世界让我们的生命上升
——读《悲惨世界》
011

巴黎的私密描述与英雄悲喜剧
——读《发达资本主义时代的抒情诗人》
026

打字机情书与暮年的白玫瑰
——读《霍乱时期的爱情》
043

写下即是永恒
——读《大师与玛格丽特》
062

像写忏悔录那样去写小说
082

托尔斯泰的文学理想国
122

后记:今天我们为何还需要小说
199

日瓦戈之死

——读《日瓦戈医生》

1929年,夏杪。

日瓦戈赶早,去索尔达金科夫医院报到。电车出了故障,时走时停。雷电撕破闷热,一街尘土落叶,狂旋出风的形状。坐在车窗边的日瓦戈,感觉昏瞀无力。打不开窗,便往后门挤。他在怒骂和踢踹中,"从电车踏板迈到石板路上,走了一步、两步、三步,咕咚一声栽倒在石板上,从此再没起来"。

日瓦戈的死亡场景中，出现一位陌生人——穿紫色连衣裙的瑞士籍女士。她和他生命的所有交集，是他坐在电车里，看她在窗外走。她倏而超过他，倏而落后于他。在他倒地死亡的时刻，她重新赶上他，透过人群瞥瞥他，便继续自己的路。"她向前走去，已经超过电车十次了，但一点都不知道她超过日瓦戈，而且比他活得长。"

这是《日瓦戈医生》主角的死亡。是一场看似意味疏离、情感寡淡的死亡，也是为小说安置的最好的死亡。

此前，我们曾伴随日瓦戈，辗转于西伯利亚、莫斯科、瓦雷金诺、尤里亚金，经历了1905年革命、第一次世界大战、十月革命、内战、新经济政策。我们推开文字的门，流连迷途，遍尽曲折，抵达日瓦戈内心，触摸他丰富的情感，对爱和美的渴望，以及在那个艰难的时代保存下来的温柔怜悯。

《日瓦戈医生》是一个人的史诗。书写了日瓦戈如何忍耐巨大的苦难，穿过死荫的幽谷，如何在貌似随波逐流的外表下，经历最壮阔的内心风景。战争、革命、迁移，不过是独白之外的背景声。但在死亡一刻，作者忽将镜头拉远，插入一个他者视角。于是，我们从日瓦戈的世界退出来，通过"穿紫色连衣裙的瑞士籍女士"的眼睛，看到路边的围观者，看到底部绝缘体短路的电车，看到熙攘的普列斯纳街，废墟般的莫斯科，敝败不堪的俄罗斯。倒毙于街头的日瓦戈，在越拉越远的景象中，渺小成一个黑点。

紫裙女士名叫弗列里小姐，"已经非常衰老了"，也是个几乎被动荡和战争毁灭的倒霉蛋。她正为自己的命运奔走。知道路边死了个人，不过是个陌生人。她不在意他的灵魂，也不体恤他的生命。因为她不晓得，世界上存在过一个日瓦戈，就像不晓得存在和曾经存在的千万个伊万、亚历山大、丽莎、索菲亚。她自己和他们一样，终将被历史冲刷而过,湮灭名字和痕迹。日瓦戈死了,弗列里小姐还在往前走。因为时间往前,她和每个活着的人,都在"不可动摇的旨意"中,向各自的生命终点迈进。

《日瓦戈医生》开篇,并非始于日瓦戈之生,而是始于日瓦戈母亲之死。先描写葬礼,继而追忆母亲身患肺痨。儿童尤拉(日瓦戈小名)"悲从中来",独自祷告,恳请上帝把她带入天堂。他认为母亲是"不可能有罪恶"的"真正的好人",希望上帝"不要让她受折磨"。这是日瓦戈对死亡最初的认识。他的人生尚未展开,就已被迫面对终点问题。

日瓦戈第二次面对死亡,是在十年后,未来岳母之死。"现在已经大不相同"。医科大学生日瓦戈"无所畏惧,生死置之度外,世界上的一切事物只不过是他字典里的词汇而已"。人们在安魂祈祷中呼求上帝，使他内心起了质疑："这是什么意思？上帝在哪儿？"入葬的时候，他继续思考："艺术永远包含两个方面：不懈地探讨死亡并以此创造生命。"

年轻人自以为无惧生死，实则是孩子气的傲慢。但把艺术界定为"探讨死亡并以此来创造生命"，却是日瓦戈后来创作诗歌的原则，也是帕斯捷尔纳克书写《日瓦戈医生》的本意。

雪夜作诗的著名场景，发生在瓦雷金诺。那段时间，日瓦戈完整享有拉拉的爱情，全力投入诗歌创作。然而，有四匹野狼闯进来，"并排站着，嘴脸朝着房子，仰起头，对着月亮或米库利钦住宅窗户反射出的银光嗥叫"。月光雪地间的狼，给日瓦戈投下心理阴影，越来越严重地困扰他，渐渐抽象成"有关狼的主题"。他把它们视作"敌对力量的代表"，想毁灭他和拉拉。他不知道，这抽象的敌对力量，拥有具体的名字：死亡。而在另一次，他则清晰地感觉到了死亡的名字。那是他伤寒濒死之时,在幻象中看到鹿皮袄男孩。他明白男孩是自己的死神,也知道他在帮助自己写作史诗。

日瓦戈的一生,始终处在生与死的张力之下。这是人类的普遍命运:甫一出生,就已奔赴死亡。瓦雷金诺之夜,充满爱情和诗歌的生命之夜,死亡始终踞伏在窗外,以凄冷的嗥叫彰显存在。夜晚结束了,拉拉离开了。她要在若干年后,日瓦戈的葬礼上,才能隔着生死,重新见到他。

日瓦戈的遗作中,有一首《哈姆雷特》。帕斯捷尔纳克假借笔下人物,对生命和死亡做出注释。诗歌让人联想到《圣经》所言,"我们成了一台戏,给世人和天使观看"。(《哥林多前书》 4:9)人生是一场"早有安排""难以改变"的戏。生存还是毁灭?他通过哈姆雷特的问题,追索生命的意义,直面死亡的虚无。

"我孤独，虚伪淹没一切。／人生一世决非漫步旷野。"前一句指向无止无尽的苦难，后一句则是顺服于"不可动摇的旨意"的遥远安慰。帕斯捷尔纳克在苦难之中，一步一步走向死亡，忍不住发出叹息："我的天父啊，倘若允许，／这一杯苦酒别让我喝。"

是的，整本《日瓦戈医生》，就是一声叹息。它是诗人的唯一小说，是小说家的人生概括，也是垂亡人对灵魂的整理。简言之，它是一本忏悔录。

由奥古斯丁开启的忏悔录传统，是回顾、内省和仰望的传统。很多作家在烛火飘摇的年岁上，都会书写这样一本书。奥古斯丁的《忏悔录》，历数一生蒙受的恩典；卢梭的《忏悔录》，"要做一项既无先例、将来也不会有人仿效的艰巨工作。要把一个人的真实面目赤裸裸揭露在世人面前。这个人就是我"。帕斯卡尔的《思想录》，本质也是忏悔录，他放下数学，转而思考最重大的问题：生命和死亡；另一位俄国作家托尔斯泰，在《安娜·卡列尼娜》中，假托列文表达观点。意犹不足之下，他又写一本《忏悔录》，总结自己与神角力的一生。

《日瓦戈医生》，正是帕斯捷尔纳克的忏悔录，是他"生存的目的"。他在五十六岁那年动笔，彼时，父亲在英国去世不久。他给亲人写信说："我已经老了，说不定我哪一天就会死掉。"狼嗥一般的死亡，犹如阴影弥漫。他不管可能的政治后果，不顾文坛朋友否定其价值，一定要把这部作品写出来。

帕斯捷尔纳克自认为，它将"表达对于艺术、对于福音书、对于在历史之中的人的生活以及许多其他问题的看法"。他在意的不是历史，是"在历史之中的人的生活"。任何时间和空间，脱离了人的存在，都将变得没有意义。时空的纵横轴，只有一个交叉点，那就是人。历史在个体的生命之中。历史不是目的，人才是目的。

日瓦戈不是在时代漩涡里盲目打转的符号，恰恰相反，日瓦戈是原点，主角，也是终结。关于他的死亡问题，是整部作品的精神内核。

帕斯捷尔纳克曾借助书中人物之口，挑明这个意图。"历史就是要确定世世代代关于死亡之谜的解释以及对如何战胜它的探索。""把历史看成人类借助时代的种种现象和记忆而建造起来的第二宇宙，并用它作为对死亡的回答。"

单个的人构成生活。很多很多人的生活，构成了时代。一个个时代，就构成了历史。帕斯捷尔纳克的书写，犹如向水面投掷石子。在个体生命之外，圈起层层"遥远音波的余响"（出自诗歌《哈姆雷特》）。

可惜，在漫长的岁月里，《日瓦戈医生》的支持者和反对者，都误解了这部小说。他们丝毫没有在意作者引用普希金诗句来为自己疾呼，"如今我的理想是家庭主妇，／我的愿望是平静的生活，／还有一大炒锅汤"。

然而,诗人毕生思考、书写和等待的死亡,早已带走了他。世界的言说失去意义。唯一能在天堂回响的,或许是他为自己预备下的谢幕词:"别睡去,别睡去,艺术家,不要沉入梦乡。/你在时代的俘虏之中,/身为永恒的人质。"(《夜》)

写于 2015 年 6 月 24 日

唯有悲惨世界让我们的生命上升
——读《悲惨世界》

1815年10月初,法国南部小镇迪涅。一个光头长须、肩扛布袋、手提粗棍的异乡人,敲开了卞福汝主教的家门。这天他已走了十二法里路,沿途受尽辱骂与恐吓。阿尔卑斯山的夜风,刺过衣裤的破洞,从四面八方袭击他。他有一张黄色身份证(当时带有前科、案底的假释证明),一百零九法郎积蓄,以及一个在痛苦与仇恨中翻滚煎熬的灵魂。

卞福汝主教接待了异乡人。"您不用对我说您是谁。这并不是我的房子,这是耶稣基督的房子。这扇门并不问走进来的人有没有名字,却要问他有没有痛苦。您有痛苦,您又饿又渴,您就安心待下吧。并且不应当谢我,不应当说我把您留在我的家里。您是过路的人,我告诉您,与其说我是在我的家里,倒不如说您是在您的家里。这儿所有的东西都是您的。我为什么要知道您的名字呢?并且在您把您的名字告诉我以前,您已经有了一个名字,是我早知道了的……您的名字叫'我的兄弟'。"

这样,苦役犯冉阿让的救赎之路开始了。

《悲惨世界》是怎样的作品?童年时候,以为是一个坏蛋抓好人的故事;中学时代,以为是一篇宣扬阶级斗争的小说;直至今日,才会意识到,这是一部关于爱、恩典与救赎的史诗。真正的史诗不仅有时代,更有人的灵魂。灵魂的波澜壮阔,不逊色于最激烈的时代。这也是为什么,《悲惨世界》开篇,大段描写卞福汝主教的信仰生活——它是开启整部作品的钥匙。雨果将这部构思了四十载、完成于晚年的百万字巨著,称为"一部宗教作品"。

最早的创作灵感,缘于一位叫皮埃尔·莫的农民。在1801年的法国,皮埃尔因为饥饿偷了一块面包,被判五年苦役。出狱后生活维艰,那张如影随形的黄色身份证,仿佛永久烙身的该隐记号,将他从整个社会隔绝出去。

倘若思考就此打住,倘若仅仅谴责司法不公,批判逼人犯罪的社会现实,《悲惨世界》将是一部描摹外部世界,沉迷于愤怒的作品。书写苦难只为控诉和仇恨,怎能配得起苦难的深重?更宽阔的小说,需要更超拔的力量。

1828年,雨果开始搜集米奥利斯主教及其家庭的资料。他想让现实中的皮埃尔,与现实中的米奥利斯主教，在他的小说世界里相遇。这就是《悲惨世界》的胚胎。它将是一部始于苦难，终于救赎的作品。

写作的准备工作极其扎实。雨果参考了好友维多克年轻时的逃亡生活，搜集了有关黑玻璃制造业的大量材料，参观了土伦和布雷斯特的苦役犯监狱，并在街头目睹了类似芳汀受辱的场面。

这样的扎实体现于细节。阅读过程中，我不断惊讶：雨果讲述每一个社会局部，都有着新闻报道似的准确，田野调查般的翔实。比如苦役犯用以越狱的"大苏"（即将一个苏的硬币纵向剖开，掏空其中，雕出互相咬合的螺纹，再置入一截弹簧）；又比如匪徒间的黑话，黑话的流派、变种、口音特色、使用者个性……叙述得有条不紊，错落生动。

《悲惨世界》描写外省偏僻小城，也描写滨海新兴工业城镇，但花费笔墨最多的城市，是巴黎。它几乎是一部关于巴黎的百科全书。在这里，可以目睹监狱、街垒、贫民窟、下水道……还能看见粗鲁但善良的野孩子，圣洁却刻板的修道院，诡诈而不择手段的犯罪团伙，以及如蛆一般活着、似牛一般劳作的苦役犯。我们随着雨果，徜徉在街道，迂回于巷弄，呼吸每块砖瓦的气息，触摸每扇百叶窗背后的秘密。

《巴黎圣母院》中，有整整一章《巴黎鸟瞰》；《悲惨世界》中，充满对巴黎街景的不厌其烦的描述。这些文字恍若情书：巴黎的全景、巴黎的细部、巴黎的白昼、巴黎的黑夜、巴黎的楼房、巴黎的路灯、巴黎的酒馆、巴黎的看不见的地下世界……在饱满的感情中，巴黎是有生命的——她是一位眼角沧桑、衣衫破旧的中年女人，散发着暗沉沉又暖洋洋的味道。她是雨果的巴黎，也是冉阿让的巴黎。

雨果的写作既恢宏又细腻，经得起用显微镜审读：历史——时代——人物——细节，无论置于哪种倍数之下,《悲惨世界》都是一部臻于完美的作品。

1832年,搜集完资料,小说构思已然清晰。但真正开写,要到二十年之后。在此期间,雨果完成了其他几部长篇,一些诗歌和戏剧。是什么使他一再搁置?是否他已意识到,这将是一部伟大作品,必须给予更多时间、深虑乃至磨难,等待它成熟和丰富?

1845年11月,雨果动笔,初命名为《苦难》。创作至近五分之四时,他卷入政治漩涡,被迫流亡。小说于1848年2月停笔,一晃又是十二年。在大西洋的盖纳西岛,流亡的雨果忍耐苦难,重拾《苦难》。经过大幅修改增添,于1861年6月30日完成,正式定名为《悲惨世界》。

《悲惨世界》的时间跨度近半个世纪,从1793年大革命高潮年代,写到1832年巴黎人民起义。其中,滑铁卢战役与1832年巴黎起义,描述得详尽而完整。尤其篇幅巨大的滑铁卢战役,与叙述主线游离得较远,且在情节推动上,产生了一个强行中断。但雨果宁愿牺牲流畅感,为的是完成阐述历史的野心。

当然,雨果的野心不止于历史。他时时放下冉阿让,错开笔去,分析各股思潮、探讨不同议题。他谈革命、战争、拿破仑、起义与暴动……他推崇有理想和使命感的人,却不鼓吹暴力,他说:"人民,深爱着炮手的炮灰。"他认为无知与罪恶是硬币之两面,却依然心怀同情:"对无知识的人,你们应当多多教给他们;社会的罪在于不办义务教育;它负有制造黑暗的责任。当一个人心中充满黑暗,罪恶便在那里滋长。有罪的人并不是犯罪的人,而是那制造黑暗的人。"

雨果是悲悯的人道主义者,又是虔诚的基督徒。他的遗嘱这样开头:"神、灵魂、责任这三个概念对一个人足够了，对我来说也足够了，宗教的本质就在其中。我抱着这个信念生活过，我也要抱着这个信念去死。真理、光明、正义、良心，这就是神。神如同白昼。我留下4万法郎给贫苦的人们。"（他留给母亲的只有1.2万法郎）

人道主义与基督信仰矛盾吗？不矛盾。人道主义反对教会桎梏、宗教迫害。但信仰和宗教是两回事。信仰是人和神的直接关系；宗教则是人的组织，只要有人，就有罪恶。在《悲惨世界》中，论及僧侣制度，雨果有过精彩的评论："每次当我们遇见道存在于一个人的心中时，无论他的理解程度如何，我们总会感到肃然起敬。圣殿、清真寺、菩萨庙、神舍，所有那些地方都有它丑恶的一面，是我们所唾弃的；同时也有它卓绝的一面，是我们所崇敬的。人类心中的静观和冥想是了无止境的，是照射在人类墙壁上的上帝的光辉。"人的内心既有被上帝光亮的善，也有罪性与黑暗滋生的恶。无论在圣殿，还是在街头，无论在监狱，还是在警所，人性永远是灰色的、暧昧不明的。

这也是为什么，在雨果笔下，野孩子伽弗洛什勇敢善良，却脏话连篇，喜欢小偷小摸；艾潘妮钟情于马吕斯，如圣女一般为他牺牲，同时又出于嫉妒，将他诱入街垒同归于尽；冉阿让在从善之后，也曾因发现养女珂赛特与马吕斯的恋情，而产生嫉妒、幸灾乐祸与疯狂的占有欲；甚至那场悲壮的1832年巴黎人民起义，雨果在赞美起义者英勇高尚的同时，不忘描写浑水摸鱼、瞎凑热闹、怨气凝成的暴力血腥，以及最终导致失败的集体冷漠。"所有那些地方都有它丑恶的一面，是我们所唾弃的；同时也有它卓绝的一面，是我们所崇敬的。"这就是雨果洞悉之下的人性。

这种透彻的洞悉力，集中表现在沙威这个人物身上。沙威是好人还是坏人？他在监狱长大，造就了疾恶如仇的性格，恪守法律的观念，自以为是正义的化身。乍看之下，确实很难指摘他，因为沙威也是严以律己的。他指证马德兰爷爷即苦役犯冉阿让，当以为错认之时，立即一再请求引咎辞职。在沙威的世界里，他从不怀疑自己是好人，冉阿让是坏人，直至街斗之中，坏人拯救了好人的生命。

在最初一刻，沙威震惊又迷惑，对救命恩人冉阿让喊道："您真使我厌烦，还不如杀了我。"（他第一次下意识地对冉阿让使用"您"）此后不久，沙威有逮住宿敌的好机会，却帮忙救送马吕斯，并最终放走冉阿让。

在我看来，《悲惨世界》所有人物内心独白之中，有两场最为惊心动魄：一场是冉阿让受卞福汝主教感动而由恶变善；另一场是沙威放走冉阿让之后，在塞纳河边沉思自省。

沙威发现自己为忠于良心而背叛社会，简直吃一惊；又意识到冉阿让饶恕了他，他也饶恕了冉阿让，更是吓得发呆。他一生将法律视为至高，此刻居然出现比法律更高之物：爱和宽恕。他不知如何看待冉阿让，更不知怎样面对内心，以及这个瞬间变得迥异的世界。雨果写道："他（沙威）有一个上级，吉斯凯先生，迄今为止他从没想到过另外那个上级：上帝。这个新长官，上帝，他出乎意外地感到了，因而心情紊乱。"非黑即白、非恶即善的价值观崩溃了。"他（沙威）被感动了，这是多么可怕的遭遇。"他觉得自己空虚、无用，脱节……毁了。他跳入阴冷的塞纳河中。

　　雨果将沙威的正直，称为"黑暗的正直"。为何"黑暗"？因为没有光，这光就是爱。《圣经》说，一切诫命的总纲是爱，爱人的就完全了律法，爱能遮掩许多的罪。比如一生从未撒谎的散普丽斯姆姆为救冉阿让，向沙威撒了谎。撒谎是罪，救人则出于爱。雨果对此评价道："呵，圣女！您超出凡尘，已有多年，您早已在光明中靠拢了您的贞女姐妹和您的天使弟兄，愿您的这次谎话上达天堂。"

在此意义上,《悲惨世界》是大时代的史诗,更是冉阿让个人心灵的史诗。卞福汝主教使他看到善,珂赛特令他懂得爱,隐名修道院的生涯促他谦卑,救护马吕斯让他战胜恶念,最终完成灵魂的救赎。相比改变制度,改变灵魂是一项更艰难、也更根本的工作。愿更多人喜爱《悲惨世界》。

写于 2013 年 3 月 8 日星期五

附注:

经过四年之后,我对此篇书评有一些观点修正。

《悲惨世界》的故事有非常鲜明的福音线索,但整部作品的底色与其说是基督信仰,不如说是法国式的价值观:自由、平等、博爱。两者在人性论上有本质区别。基督信仰在承认基督是绝对真理的同时,对人性保持绝对怀疑。但在《悲惨世界》中，我们看到雨果对冉阿让的角色设定是人性本善。冉阿让因为贫穷饥饿而偷窃入狱。社会对穷人的不公正，是冉阿让犯罪和仇恨社会的全部原因。出狱之后，他在卞福汝主教的保护下，免于再次因偷窃而入狱。这件事使他良心发现，在一个思想激烈斗争的瞬间之后，从充满仇恨的罪犯，变身为几近完美的领导者和慈善家。

我认为更真实可信的情况是：哪怕沐浴在上帝的光照之下，一个人的生命更新也是非常缓慢的。比如大作家陀思妥耶夫斯基的亲身经历：一次死而复生的经历，让他紧紧抓住了上帝。但是在此后漫长的人生里，陀思妥耶夫斯基依然充满了性格缺陷，被不止一位同行诟病。这更符合我对信仰的体验和理解：生命的更新从来都不容易，从来都是在路上。

在此容我设想，倘若让深谙人性之恶的奥

康纳来处理卞福汝主教和冉阿让这段，她会怎么写。她可能会让冉阿让利用主教的善良，反过来欺骗和伤害他。一个对世界充满了根深蒂固的仇恨的人，很难仅仅因为别人的一个随手善举，就把自己的价值观瞬间彻底颠覆掉。除非他经历到的是上帝之手，是陀思妥耶夫斯基的置之死地而后生，是保罗被强光击倒在去往大马士革的路上。

在此意义上，沙威跳河自杀的情节设置也值得商榷。沙威被自己的追捕对象冉阿让所拯救，从而良心震动，在律法之上发现了上帝，并因此世界观崩溃而自杀。在这里，没有任何福音传递，仅仅只有冉阿让的一次善行。虽然相比卞福汝主教，冉阿让的善行更大，因为他反转了沙威的生死，但是，没有福音话语的启示，人不能仅仅从善行推导出上帝的存在，也不能因此而彻底翻转内心，甚至激烈到自杀的地步。沙威的跳河自杀，在情节逻辑上可以自洽，但从福音和人性的逻辑上却不能。

雨果和托尔斯泰一样，是具有乌托邦气质的作家。特征之一就是对穷人的人性怀有更多美好的想象。比如人性本善的冉阿让，比如被谢尔盖神父视作人生典范的穷苦女人帕申卡（见《谢尔盖神父》）。但奥康纳从来不给任何人留情面。在她看来，人们作恶，根本原因不是社会不公，而是人性本恶。人们行善，少有出于真正爱心，多是故作姿态和伪善。在奥康纳的《乡下好人》里，有产者对乡下人和底层推销员的居高临下的怜悯和好奇，遭到了"乡下好人"的利用、打击和羞辱。我想这更符合《圣经》传统之下的人性秩序。

写于2017年5月31日星期三

巴黎的私密描述与英雄悲喜剧

——读《发达资本主义时代的抒情诗人》*

一

人穿行于象征之林

那些熟悉的眼光注视着他

——波德莱尔

---

* 本篇关于原文的引文均出自《发达资本主义时代的抒情诗人》,本雅明著,张旭东、魏文生译,生活·读书·新知三联书店 1989 年版。

煤气灯亮起来了。司灯人穿过拱门街挤满建筑物的通道和夜游症的人群，把幽暗隐晦的街灯点亮。玻璃顶、大理石地面的通道，豪华的商品陈列、赌场、玻璃橱窗……人群的面孔幽灵般显现，他们焦灼、茫然、彼此雷同，拥挤得连梦幻都没有了间隙。

这就是波德莱尔笔下的巴黎，也是爱伦·坡、雨果、巴尔扎克、恩格斯笔下的巴黎。第二帝国的巴黎，人群、橱窗、赌场……一切在跳动而混乱的煤气灯光下，被绘出点彩派光怪陆离的平面效果；错综的身份和标签，不同文本间的相互交错和撞击，拼贴出一个立体的、超现实主义的、奇特而又矛盾的巴黎描述。

这是本雅明另类诡谲的文风挥扫之下的巴黎描述。当然，我指的是《波德莱尔笔下的第二帝国的巴黎》（以下简称《第二帝国》）。这是篇比《论波德莱尔的几个主题》（以下简称《主题》）更具本氏色彩的文章,尽管两者运用了几乎一模一样的素材。(《主题》一文是本雅明为得到法兰克福研究所认可而对《第二帝国》所做的修改,本雅明本人认为它显示了"弯到最大限度的哲学之弓",而他"痛苦地使之适应一种平庸的,甚至是土气的哲学阐述方法"。)本雅明的一生是在困顿、拒绝、孤立、不自信中度过的。虽然为了世俗的认可,他做了很大程度的让步和迁就,但他自己清楚地意识到,是《第二帝国》而非《主题》,能使他成为"最出色的文学评论家"。

"他是极其博学的,但他不是一个学者;他的研究对象包括文本及其解释,但他不是语言学家;他不是对宗教而是对神学以及把文本神圣化的神学式解释所吸引,但他不是神学家……他是一个天生的作家,但他的最大雄心是创作一部完全由引文构成的著作……我想把他说成是诗意地思考的人,但他既不是诗人,也不是哲学家。"(汉娜·阿伦特:

《启迪》）

在题为《夏尔·波德莱尔：发达资本主义时代的抒情诗人》未完成著作里（《夏尔·波德莱尔：发达资本主义时代的抒情诗人》是由本雅明原本构想的鸿篇巨制《巴黎拱廊街》的第五章扩充而成的，但这篇据他自己声称是"微型的《巴黎拱廊街》"的作品也同样未完成，我们看到的《波德莱尔笔下的第二帝国的巴黎》是《夏尔·波德莱尔：发达资本主义时代的抒情诗人》的第二部分），在对波德莱尔及其同时代文学文本的转引堆砌背后，一个真正的抒情诗人形象凸现出来了，那就是本雅明自己。

一直以来，对于本雅明一直存在一种误读，那就是，试图对本雅明——这个对批评家、作家、哲学家、收藏家、翻译家等种种身份既肯定又否定的边缘人物，作一个理论上的调和或概括，但事实上，这种理论梳理的结果只能是最终发现，本雅明是一个根本无法用成体系的话语阐释的矛盾体。

也许,汉娜·阿伦特的评价点出了问题的关键:本雅明进行的,是一种所谓的"诗意的思考"。本雅明自始至终处于某种撕扯和撞击之中:他是一个深受犹太宗教哲学影响的神秘主义者,又自称信仰共产主义;他文章的玄妙晦涩连当时法兰克福大学的美学教授都无法接受,但他又与提倡"戏剧走向人民"的布莱希特投缘。他从康德的信徒起步,把彼此差异甚至矛盾的理论思想奇怪地融合到了一起。这使得他的文本"浸渍"在一种无法调和的紧张当中,有时显得费解甚至尖锐。但是,这种不可调和最终都被包容到了一种比学术理论更为宽容的东西之中,那就是:诗。

诗的存在本身就是一个悖论。它宽容得近乎无边界,却又谨慎而苛刻地剔除哪怕最细微的非诗的障碍;它割裂了词与物,却又使这两者在"象征的丛林"里再次弥合。本雅明笔下的诗人形象也是模糊而暧昧的：他们是又不是游手好闲者，成为又不仅仅成为观察者；他们是斗剑士，却要在"古怪的练习"中避开来自自己的攻击；他们只有隐蔽在拥挤的人群中才能够感受到自身，而人群的面孔却反而倒退到他们的感受之外。

包括本雅明笔下的波德莱尔，也是这种悖论的体现：他极度缺乏知识，"对外部世界没有什么兴趣；他或许意识到这个世界的存在，但他却从来不去研究它"。可另一方面，波德莱尔又对理论存在着天生的敏锐，这种敏锐是近乎直觉式的，他能够精当有洞见地提炼出主题，同时把本来存在的主题之间的联系弄得朦胧晦涩。他离不开人群，但又从未真正深入人群；从未深入人群，却从人群中准确地获得惊鸿一瞥的意象，仿佛这些意象是自己抛掷过来的。而对于这获得的种种意象，他又似乎没有稳定的态度，仿佛除了在现代主义的构架中为它们预留位置，从不认为有必要在现实中认识它们。比如对于波德莱尔所倾心的英雄女性形象的变种,女同性恋者,我们可以看到他对她们既称颂又诅咒的对立倾向(见"累斯博斯"和"德尔菲娜与伊波利特")。

本雅明对波德莱尔细致入微的剖析,也只有一个诗人对另一个诗人,才能做到。

二

> 这种街道的拥挤中已经包含着某种丑恶的、违反人性的东西……它们彼此从身边匆匆走过,好像它们之间没有任何共同的地方……谁对谁连看一眼都没想到……每个人在追逐私人利益的这种可怕的冷漠,这种不近人情的孤僻就愈使人难堪、愈是可怕。

第二帝国时期,巴黎开始了它真正的工业革

命。在本雅明的理论话语外衣之后，挽歌式的哀叹和眷恋无奈的怀旧伤感随手可拾：渐次熄灭的煤气灯、把人被迫固定在土地上的住房牌号、日渐堕落成商品生产者的专栏作家……

在这首绵长交织的挽歌之中，人，成为了理所当然的主旋律。本雅明对现代化、商品化社会中人的分析是多层次的，为了使这多种层次达到某种程度的统一，我从本雅明纵横交织的引文和阐释背后提炼出一个隐性关键词：注视。

人群、人群中的人、诗人，甚至包括作者本雅明自身，都被卷入这种既离且合的多重注视关系之中。注视作为一种能力，是区分人群的重要标志之一。

人群（les foules）在本雅明笔下，是一个含混而暧昧的意象。它消灭个人痕迹于拥挤和雷同之中，又使个人的孤独感成倍地放大；它是游手好闲者窥视的对象，也是赋予诗人们安全感的隐遁场所。可以说，人群是屈从于工业化商品社会的残余意象之一，是另一个后来被文化研究置于中心地位的研究对象——"大众"（乌合之众，mass）的前身。城市人群的注视功能被明显地剥离开来，丧失了作为独立个体所应具有的"看"的后继能力。

"大城市的人际关系明显地表现在眼的活动大大超越耳的活动。公共交通手段是主要原因。在汽车、火车、电车得到发展的十九世纪以前，人们是不能相视数十分钟，甚至数小时而不攀谈的。"

在技术进步的同时，人群目光的功能却退化了，他们能注视，却不能捕捉。他们被动地滞留在某种日趋机械化、工具化的状态。就像古时鬼魅附身的神话，人群似乎也被某种东西附上了灵魂，能看、能动，但行为却越来越外在于他们自身。本雅明在这一点上认可了马克思的分析：人，在资本主义的流水线之前，变成了游走的"商品本质"。工人、律师、会计……对于他们，日常劳作更多关注的是物，在流水线、账本、货币、商品建构的物质世界里，"他者"逐渐丧失了合法的地位，或者说，在他们的目光里，他者也被物化了。通过对他者的审视而确定自己，是他者存在对于人自身存在的一个重要意义，是人确立自我形象与个性的一个前提条件。在机械化和技术化的时代，人被机器工具化、变成了具有商品本质的劳动力。渐渐丧失差异和分歧，丧失了个性存在的一切可能性，同化使主体与他者不再能够得到恰当区分，这种变化的结果就是"人"的消失、"人群"的出现。

人群成了一个吞噬个人的庞然大物，但是，反过来说，它也成为一个隐遁的最佳场所。于是，在对波德莱尔作品的分析之中，又一个意象从乌合之众背后浮现出来，那就是：人群中的人（i'homme des foules）。

人群中的人。他们在人群中游荡、窥视，我们可以看到本雅明冠以他们的各种所指和标签：密谋者、波西米亚人、拾垃圾者、游手好闲者……秉持这些身份的人有着共通之处：他们是独立于体制之外的单数的人。他们不仅是诗人的描述对象，在某种程度上，也是诗人自身的写照。可以说，他们是前工业时代的最后一批幸存者。

这些人有着和"人群"不同的注视能力。他们与后者始终处于一种窥视与被窥视的关系之中。街道与玻璃橱窗则是他们的道具。"在'游手好闲者'身上，看的快乐是令人陶醉的。""人群中的人"是与"人群"不同的、还没有失去东张西望能力的那一些；但是，和纯粹看热闹的人不同，他们又充分地保留了自己的个性。他们注视中的他人形象没有被完全物化，是因为他们自身并未完全被挤压入这个拥挤而嘈杂的物质世界。

但是，波德莱尔笔下的"游手好闲者"又不等同于诗人的自画像。"真实生活中的波德莱尔并不像一些人描绘的那样'心不在焉'。"人群的陷落引发了他自我意识更深重的警觉。诗人的世界,对外部有选择地关闭或敞开。"诗人享受着既保持个性又充当他认为最合适的另外一个人的特权。他像借尸还魂般随时进入另一个角色。对他个人来说,一切都是敞开的;如果某些地方对他关闭,那是因为在他看来,那些地方是不值得审视的。"在这种关闭和敞开的过程中,人群成为诗人隐蔽的意象,"他人"在注视的目光之外,成为一个个可代入、可置换的符号。这也足以解释,为什么在波德莱尔的作品中,很少能够找到对"大众"的描述;相反,倒是富于象征意味的个体在按照诗人的主观理解而被夸张扭曲后形成诗歌里的一个个意象,比如充满衰败意味的"小老太婆",比如作为捕捉不到爱的表现的"交臂而过的妇女"。

面对人群,波德莱尔反而退避回自己的内心,"注视",成为一个指向内在世界而非外部秩序的行为。在此意义上,诗人完成了一次自我意识的强化，这种逆世而行的对抗建构了一个隐遁于人群、又把自己于人群中剥离出来的特立独行者的形象。

三

> 我独自一人继续练习我幻想的剑术，
> 追寻着每个角落里的意外的节奏。
>
> ——波德莱尔

人群作为一个隐蔽形象，从波德莱尔经验的撕裂口切入，制造了一种始终处于他艺术作品中心位置的东西：震惊（shock）。

"震惊"是本雅明用以概括现代社会中个体感受的术语，源于精神分析学的启发，简要说来，就是指"外部世界过度能量突破刺激保护层对人造成的威胁"。在波德莱尔的作品中，这种现代社会的震惊体验得到了相应的表达，那就是"词与物之间的裂隙"。匿身于人群中的诗人,其"注视"被内化,成为经验错位的刺激物,其间留出的盲点,为诗人自己的作品所填补。震惊的防卫过程被显示为:注视——经验错位——以文字意象预先呈示震惊经验。

自此,文字意象占据了诗人创作心理体验的重要位置,这种意象的反作用力也定位了诗人的自身形象。在波德莱尔的诗中,唯一一处对诗人自身及其工作的描绘,是把他自己描绘成一个击剑者的形象(见本节首引文),震惊的防卫以一种搏斗的状态被图示出来。

关于击剑者的诗行,塑造出一个埋头于想象的搏斗中的诗人形象。这种搏斗,使诗人成为一个具有自发意识的、现代意义上的英雄。与大众交往过程中形成的受惊了的形象,为波德莱尔所形成的人格悖论、词与物的割裂,提供了一个恰当的解释。"我们可以从中分辨出击剑者的形象,他所实施的那些出击是要为自己在大众中打开一条路径。"可以说,这种"斗士"行为,是对震惊体验的后发弥补;这个斗士,就是本雅明所定义的依托人群存在、但早已超越了人群的现代主义英雄。

英雄,是现代主义的真正主题。但现代主义的英雄已远不是古典意义上的英雄。请看下列进行的文本比照:

抒情的、浪漫主义的主流文学话语	现代与古典互渗的边缘文学话语(日常生活词汇、城市词汇)
描写对象:具有正当身份的	描写对象:底层化、边缘化

可以看出,波德莱尔笔下奇特的现代主义英雄形象,是对已有文学规范的破坏及重建,最典型的

例子就是我称之为的波德莱尔的"流氓英雄主义"。"游手好闲者,流氓阿飞,纨绔子弟以及拾垃圾的,所有这些都是他的众多的角色。"把这些从人群中精心抽取出来的意象夸张地揉捏起来,建构出一个与诗人活动同构的过程,波德莱尔的此种举动多少显得可疑。难道刻意的反其道行之,把反英雄的角色推上英雄的光辉位置,仅仅是出于盲目的叛逆?

我们从波德莱尔的诗行中,能够捕捉到古典情结的蛛丝马迹:比如以古代英雄作为诗歌标题,比如他曾经说过的"一切现代主义又都值得在某一天变成一种古典"。可以说,古代的英雄形象是一种不得已的退位,它留下的空白需要有一个新的英雄来填补。这种填补是必需的,因为事实上,这是波德莱尔本人对自身形象的一个确认。在无英雄的现代社会,诗人细心建构起的,是一个与自身同质的类。之所以要凭空建构,是因为波德莱尔在他的时代里找不到一样他自己真正喜欢的东西，没有人道主义精神、没有宗教信仰，功利主义和效率原则粉碎了延续前工业时代数千年的传统。所以，他不得不挺身而出，自己扮演自己的英雄。

"由于现代英雄根本不是英雄，他又扮演起英雄来。英雄式的现代主义最终落得一个悲剧的下场，这里面也包括英雄的一份。"在洋洋洒洒整一章节对现代主义及其英雄主题的分析之后，本雅明一言点破了波德莱尔精心构筑而其实并不真正存在的现代主义英雄神话。

在以引文构造出的汪洋肆意的语言帝国里，这出英雄悲喜剧真正的主角不是策划和导演者波德莱尔，而是旁观的剧评家本雅明。如果说波氏仍然处于英雄神话的凭空构造和自我欺骗之中，那么，本雅明则以点破幻象的勇气，使这出戏最终落下悲壮的帷幕，成为一个逝去时代的最后挽歌。

写于 2001 年 5 月 17 日

打字机情书与暮年的白玫瑰
——读《霍乱时期的爱情》

一

如果在阅读中掩去作者的姓名背景,我也将毫不怀疑地断定,这本充满迟暮感伤的书,出自一位老者。不过在此之前,我已获得了关于此书的初步印象:它完成于 1985 年,当时五十七岁的加西亚·马尔克斯,于四年前获得诺贝尔奖,正享有着与日俱增的世界性荣耀。

作为无愧于"大师"称谓的少数作家之一,马尔克斯给予我的阅读经验,与"温情""感动"毫不相关,他习惯于以一个平静从容的手势,把温情撕裂给人看,无论何时,他都显得无比优雅。

典型如发表于1961年的《没有人给他写信的上校》。当时,哥伦比亚流行着所谓的"暴力文学",马尔克斯谨慎地与之保持距离,一心专注于那个几乎贯穿他所有作品的主题:孤独。《没有人给他写信的上校》中的孤独感,始终被处理得绵延黏稠、不紧不慢:给一只始终舍不得卖掉的斗鸡买玉米,在清晨用小刀刮下混了铁锈的咖啡末,没完没了的雨季和因此而引起的便秘……是内敛的语言和不厌其烦的细节,推进着这个令人绝望的故事。

又如受争议颇多的《一件事先张扬的凶杀案》。还有谁能把一场凶杀案刻画得如此缺乏高潮呢?确切地说,马尔克斯在此设计的环形结构,使得高潮成为不可能。小说始终处于一个平缓的坡度之中，故事的轮廓是用细节从各个角度和方向填出来的。一方面，整篇作品的叙述流波澜不惊，另一方面，每个角落都有不安的小骚动，于不事声张处，给人以巨大的震惊。

这就是我心目中的马尔克斯。尽管他谦虚地说，《霍乱时期的爱情》不过是个"老式的幸福的爱情故事"，尽管人们由于"动人""伤感"等理由向我推介此书，我固执的阅读期待都没有被改变。我甚至怀疑，作为一位主张"介入"，声称自己一生中的所有行为都是政治行为的作家，马尔克斯笔下的爱情，会不会是一个别有企图的政治托词。

是的，我们很难想象，会在何处遭遇"纯粹"的爱情。爱情，它可能关乎权力政治（米兰·昆德拉），关乎伦理社会（阿尔莫多瓦），关乎神（伯格曼）、受难与救赎（陀斯妥耶夫斯基），或者，仅仅成为文本游戏的一个道具（罗兰·巴特）。"纯粹"这样的词，在一个复杂而缭乱的时代，只能萎缩进关于形而上学的大学讲义。而在日常言说和文字表意中，词本身被割裂，词和词背后的互相指涉，则越来越混乱、越来越牵扯不清。这与现代人追求新奇的审美标准互为因果。也是为什么很多现实主义之后的大艺术家，需要把自己的作品弄得迂回曲折、寓意深远。当视而不见成为习惯时，人类关注外部世界甚于内部世界，或者讨论内在，最终只是为了将其转换为外在的、可言说的理论语言。人们对待"爱情"的态度，就是由此引申出的表现之一：在严肃文艺中，爱情成为蕾丝花边，能被随意镶嵌在宏大叙事之上；在商业文化中，它又成为媚俗、煽情、有利可图的上好佐料。可以说，是忽视和占用，同时败坏着爱情的品味。

二

因此,我对一本以爱情为名义的小说满怀戒备。但随着阅读的深入,我无条件地缴械,迅速被打动,并对先前的成见感觉羞愧。

在这本书中,"霍乱"是"爱情"的一个策略性修辞,而那些典型的马尔克斯式意象——贫穷、炎热、肮脏、疾病、党派之争、满街发臭的尸体、成为殖民符号的香蕉公司——在小说中也只是模糊而遥远的陪衬。事实上,没有这些浮光掠影的点触,这本"我们时代的爱情大全"也足够完整了。

马尔克斯曾经低调地表示,这是一本关于爱情的小说。与此同时,他在暗地里鼓足了野心,要穷尽这个题材的一切可能:暗恋、初恋、失恋、单恋、等待、殉情、丧偶、偷情、婚外恋、夫妻亲情、露水姻缘、黄昏暮情、老少畸爱……这个庞大但绝不臃肿的囊括,再加上能够包容读者自身的想象和体验的开放式结局,使得它成为一本奇异而富足的书。

那么,大师的奥秘在哪里?正是在于细节——各种具体、细微,甚至琐碎的生活细节。比如第一章中,我们看到乌尔比诺医生与其妻费尔米娜的那些争执,缘起于浴室里的一块肥皂,或者小便池的清洁问题;而在书的末尾,阿里萨重新得到晚年的费尔米娜,两位老人甜蜜爱情的表现,居然是为对方灌肠、洗假牙、拔火罐。

正是这些真实纯粹的细节,才显示出力量,使得这本关于爱情的书,成为关于生活的书,进而升华为一本关于人的书。对于人、对于人的内在的关注,再没什么比这些细节来得更本真了。

通常,"纯粹"给人以上升感,似乎总得经由升华而凝结为象征符号,最后抵达形而上的空灵境界;但马尔克斯给予读者的,是一种"下降的纯粹"——最世俗化、最还原态的"纯粹"。

马尔克斯始终认为自己是现实主义作家，神奇或魔幻只是每日可见的事实，决不是作家"制造的""改变的""写得不可认识"的："一切的现实，实际上都比我们想象的神奇得多"。他拒绝理性主义者对待世界的方式，后者把"现实"加工删略、根据因果律重新排列组合，而马尔克斯从不将生活客体化、抽象化，而是用直觉、感受，用非理性的观察方式，消除"我"和"我"之外世界的隔膜，使得外在的，同时也可以是内在的。马尔克斯的世界，就是尼采所说的"无限流动的生成"：这个世界无法定格，不存在阶段性，拒绝被真理语言所表述。流动使他避免了因为命名和概念而造成的疏漏，从而对生活、对世界保持原始的惊奇，这种惊奇不为日常化的陈词滥调所迷惑或者消磨，相反，与身体休戚相关的细节，反而更能激发作者的敏锐观察。

这就是为什么，我们在博尔赫斯那里看到梦、想象和对纯粹文学形式再造的野心，而在马尔克斯那里，我们却读到了生活。博尔赫斯式的纯粹，是对外在世界关闭内心的纯粹，是符号、知识、幻想在一个封闭空间里进行无限多种组合排列的可能性，它在观念中剔除了具体的物，割断了文本与客观世界的直接联系，但也因此而不为马尔克斯所欣赏。

马尔克斯的写作，忠实于对自己存在于其中的世界的观察，忠实于一种叫"生活"的东西。这种忠实表现在文本中，就要求剔除一切"浮夸文风、辞藻的堆砌和夸张性的声响法"，要求还原、下降，要求随手可触的细节而非不着边际的想象。这样的文本，始终处于绵延的状态中，它们在空间上打破大情境，削弱高潮、填平细部，从而使得叙述在时间上呈现平静、克制、不间断的流动，这种奇特的叙述流，其实就是马尔克斯一直追求的那种外祖父母讲故事时不紧不慢的方式。若干年后,已成为作家的马尔克斯终于重新发现了它:"事物并非仅仅由于它是真实事物而像是真实的,还要凭借表现它的形式……必须像我外祖父母讲故事那样老老实实地讲述。也就是说,用一种无所畏惧的语调,用一种遇到任何情况、哪怕天塌下来也不改变的冷静态度。"即使到了暮年,马尔克斯仍对生活保持孩童般的惊奇感,而叙述时的冷静,恰恰是以此为依托的:只有习惯于细微处发现生活的人,才不会对所谓意外、反常与大事件,显露出一惊一乍的夸张反应。

三

写作《霍乱时期的爱情》的两个动机,一是马尔克斯父母的恋爱史,这可以从年轻的电报员阿里萨,和美丽富有的费尔米娜的故事中看到;二是作者在墨西哥读到的一则报道：两位近八十岁的美国老人，每年都在墨西哥约一次会，坚持了四十多年，最后一次被抢劫他们的船工用木桨双双打死，持续了半个多世纪的地下恋情才得以曝光。这则新闻在小说中，仍是以报道的方式出现，在阿里萨和费尔米娜暮年复合之时，他们分别从广播里和报纸上获悉了它。

马尔克斯在谈创作意图时说："这是一部爱情长篇。大多数的爱情故事都是凄凉的，总是来个悲剧收场。而我所写的这部小说里，那一对情侣是事事顺遂，他们是完完全全的快乐。在我看来，快乐是目前已经不时兴的感情。我却要尝试把快乐重新推动起来，使之风行起来，成为人类的一个典范。"

这是一个善良却难以实现的意图：漫长的等待、无止境的思念、一次又一次地遭拒绝、老迈重逢时的无奈与尴尬——整部爱情长篇洋溢着马尔克斯式的孤独绝望，以及难以言传的迟暮感伤。所以，我更愿意把马尔克斯希冀的"快乐"，解作一种博大悲悯的情怀。

事实上，从写作的第一天起，马尔克斯从未停止过这种悲悯。在诺贝尔获奖演说中，他说道："面对压迫、掠夺和孤单，我们的回答是生活。"对生活的同情，使得马尔克斯不贴标签，不摆姿态，他时而极端政治化、时而极端个人化，在暴力的风潮中保守，在诸人皆退时激进。马尔克斯得到的诺贝尔授奖词的赞誉是：在他创造的文学世界中，"反映了一个大陆及其人们的财富与贫困"。但他却没有在这个最高评价之上坐享其成，而是很快推出一本让所有熟悉他风格的读者感到意外的作品——一本纯粹的爱情小说。并且，他勇敢地告诉全世界："我认为描写爱情的小说和任何其他小说一样，都是极有价值的。"

这种微妙的延续与转变，是作者对自身状态的服从。衰老让眼睛更关注身体，让头脑更关注内在。某种纯净与洞视，只有在年龄的帮助下才能达到。因此，《霍乱时期的爱情》在我心目中，是马尔克斯最富人性的一本小说，而那种独特的马尔克斯式精简法，也在其中被发挥到了极致。

比如，小说对死亡的处理就是精简法的典型。在早年谈论自己的电影故事《艰难的爱情》时，马尔克斯曾说，"爱情和死亡离得很近"。《霍乱时期的爱情》一书对死亡这个次要主题，也有若干表现。其中的一次，就是促成马尔克斯动笔的那则新闻。但区别于其他喜欢戏剧化的爱情读本的是，马尔克斯把这样的重量级素材，轻描淡写地处理成一个细节：费尔米娜在收听古巴圣地亚哥广播小说时，无意中听到这个消息，随后，阿里萨在信中，把这条消息的剪报寄给了她，但没有做任何评论。这短短的三百多字之后，费尔米娜只是偶尔一两次，怀着伤感再度回忆到它。这是标准的马尔克斯式的减法：通过转述、选择时态等方式，把容易戏剧化的东西削弱抚平。

这样的处理，也可以从另外几次对死亡的描述中见到。马尔克斯的很多小说开场，都涉及一个已经或者将要死去的人，《霍乱时期的爱情》也不例外，开头第一段，就是乌尔比诺医生的好友阿莫乌尔自杀的事件。但作为一个事件，它已是过去时表述了，尸体是静止的，而阿莫乌尔与女佣之间神奇的爱情，也是通过遗书和未亡人的简单叙述来间接勾画。如果说，这里的刻意淡化还包含其他技术考虑——比如不想把读者的注意力过多地从尾随而来的主人公乌尔比诺医生的死亡上分散开去，那么近末尾处，阿里萨花朵般的十几岁小情妇阿美利加·维库尼亚的死，似乎就不必顾虑效果上的喧宾夺主了。事实上，对于维库尼亚死亡的描述，已经精简到叙事的边界：一处只短短几句话，提到小女孩在未上锁的箱子里发现了阿里萨写给费尔米娜的信，下一次就是阿里萨在与费尔米娜出游的船上接到报告维库尼亚死讯的信件。

相比之下,主人公之一——乌尔比诺医生的死亡较为奇特:这位威严庄重、声名显赫的八十多岁老人,居然是在搬梯子爬树抓鹦鹉时摔死的。在这里,作者显然试图以某种"不合时宜"的反常,来打破情境的模式化;还有诸如让递给初恋情人的书信沾上一粒鸟屎,也是类似的"疏离"。如果说,这种对"情境"的在意还隐隐透露着刻意,那么马尔克斯在另一些细节上,则全然没有了"情境"的概念,因而"生活"也被更彻底地还原到绵延的初始状态。

这些微不足道的细节在常人心中可能琐碎到不值一提,而马尔克斯则把它们放大、提升(与前面淡化戏剧性情节的处理方式相反)。其中之一是阿里萨的情书:青年阿里萨充满矫情辞藻的书信,都是"用职业抄写员的清秀的字体写在一张纸的正反两面",而暮年的阿里萨重新给初恋情人写信时,则开始使用打字机，马尔克斯不厌其烦地描述老人如何从秘书兼旧情人的办公室搬了台打字机回家，如何记熟键盘上字母的位置，如何练习盲打，如何撕了打打了撕，如何在细心关注了称谓、签名、信封花饰等细节之后，发出这样一份宛同"恰如其分的商业函件"的信；之后阿里萨又突然想到了送花："由于给一个新寡女人送花，以花表意就成了难题。一朵红玫瑰花象征火热的激情，有可能对她的守丧是一种触犯。黄玫瑰花有时象征好运气，但通常情况下是表示妒忌。有人跟他谈到过土耳其黑玫瑰，也许那是最合适的，可是他院子里没有。他想来想去，最后决定冒险带一朵白玫瑰，他本人不像喜欢其他玫瑰花那样喜欢它，因为它平淡无奇，没有什么意思。最后一刻，为了避免费尔米娜多心说玫瑰刺有什么含意，他把刺全部掰掉了。"寡妇费尔米娜高高兴兴地接受了阿里萨送来的不含任何意义的白玫瑰。这样花费笔墨、照顾周详的小细节比比皆是，如果把它们用理论批评的解剖刀，从文中剔出来单个观察，也许得出的结论是：它们像中性的白玫瑰一样，显得毫无深意。可一旦将它们放回文中，叙述就立刻因为这些绵延不断的细节而流动起来。

我们不妨把警句式的书写与之比照。如果说细节是为了还原，警句就是和它作用相反的浓缩。《霍乱时期的爱情》中，也间或夹杂警句，比如，"我对死亡感到的唯一痛苦，是没能为爱而死""心灵的爱情在腰部以上，肉体的爱情在腰部以下""社会生活的症结在于学会控制胆怯，夫妻生活的症结在于控制反感"……

这些机智的语言，在绵密博大的细节之网的映衬中，难免显得小气。虽然它们朗朗上口，提纲挈领，便于传诵和记忆，但对阅读造成的效果就是：给一泄而下的叙述流以一个停顿，一次阻断。

我们可能会渐渐遗忘《霍乱时期的爱情》的某

些细节描写，它们精彩贴切，但也不起眼，不惊人，它们为整体服务，最完美的效果，就是让人们意识不到它们。

而另一方面，我们会对某些警句印象深刻，比如一个曾经美丽的女人的伤感叹息，"我已经老了"（《情人》），或者激情澎湃、排山倒海的"生命之光""欲念之火"（《洛丽塔》）。它们醒目、简洁，让人记忆深刻。尤其是，它们可以被直接引用，或者脱离原有语境，改换原有含义，嫁接到其他文本中去。因此它们更容易成为讨巧，甚至程式化的东西。在通俗读本中，它们就堕落为陈词滥调。这是写作的惰性，还是阅读的惰性？

四

爱情几乎和生老病死一样，是最日常、最悠久，和每个人最密切相关的主题。也正是太日常太相关了,我们似乎必须来点什么惊天动地的,哪怕被欺骗和误导。于是我们分不清了,感动究竟来自对生活的体悟,还是来自文艺作品硬塞给我们的"悲情想象"。

对现实世界的背离与扭曲,除了作者缺乏正视的能力和勇气,也同读者的纵容与合谋有关。这些集体构筑的"悲情想象",让我们忘却现实,或者反转过来,按照拙劣的变形,去改造真实生活。其结果就是,习惯装腔作势而不自知,习惯为感动而感动,习惯按固有程式进行阅读乃至生活。

文学的真正力量,是把我们从这种漠然、偏误和漫不经心中惊醒。马尔克斯的高明在于,他用于打破阅读与书写惰性的,不是故作惊人语和花哨的出位,而是戳穿幻象,让直指人心的真实本身浮现。相形之下,同样被贴了"爱情大全"标签的《恋人絮语》,我更愿意称其为时髦的学术著作,或者一种观念性的书写而绝非文学。

当然，在生活面前，文学毕竟不是万能。小说结尾处，霍乱之船似乎无法到达终点，生活为不可知的目的地安排了诸种可能；但小说却需要一个，而且仅仅一个终点。于是，马尔克斯让阿里萨草草抛出"永生永世"四个字。仓促的收场让人意犹未尽。但细想之下，在文本层面终结这个故事，如此之安排，却未必不是最好的：生活向我们敞开无数种形态，但文字只能择其一而凝固。文学艺术作为生活的重构，永远无法达到生活本身那块幽秘深远的最后禁地。

初稿于 2002 年 8 月 15 日

修改于 2002 年 8 月 21 日

写下即是永恒

——读《大师与玛格丽特》

一

1930年，三十九岁的布尔加科夫写作已有七个年头。此前，他的小说《魔障》和《孽卵》曾触怒了阿维尔巴赫。后者说："一位不给自己穿上同路衣帽的作家正在出现。"布尔加科夫有了不妙预感。如同"水正渐渐漫过他的船"，铺天盖地的批评果然淹没了他。至1929年，他的所有作品都没能出版。

1930年3月，布尔加科夫写信给斯大林，希望得到莫斯科艺术剧院助理导演职位，那时他已开始创作《大师与玛格丽特》——作家本人最重要的著作，也是整个二十世纪最好的俄语小说之一。但在当时，没人知道它的长远命运。能够知道的只是当下命运：它不可能被发表。一位处于上升期的作家从公众视野消失了，以布尔加科夫之名活在世界上的，是莫斯科小剧院的一名普通职员。他焚毁了《大师与玛格丽特》的手稿。

第二年，布尔加科夫与伊莱娜·希洛夫斯卡娅结婚。这位妻子正是"玛格丽特"的原型——如我们在小说中读到，是玛格丽特的爱情支撑大师。她是骑着刷子飞翔，具有女巫般力量的女性。她是一位保护者。同年，布尔加科夫开始重写《大师与玛格丽特》。六年写成，四年修改，其间还著有其他戏剧、评论、小说、翻译。它们无一发表，只拥有包括伊莱娜在内的寥寥几位读者。

1940年，布尔加科夫因家族遗传的肾病去世。1966年，《大师与玛格丽特》终于出版，删改严重，但未删节的书稿以手抄本形式流传。 1967年，在法兰克福，有了第一个较为完整的版本。但在布尔加科夫的祖国，第一个完全版本的出现，则要等到1973年。这时，距离作者过世已有三十三年。

作家是孤独的职业。与内心搏斗，和文字纠缠，所有的惊心动魄，都在作者一个人的心灵范围内完成。与此同时，作家又最不孤独。他与读者的相遇，是不限时空的相遇，是灵魂与灵魂的相遇。文字是凝固的生命，阅读是伟大的复活。倘若作家知道，他不能与读者相遇，那会怎样？——会不会面对一种绝对的、死寂的孤独？

在此境况中写作的布尔加科夫，内心究竟发生了什么？我们不妨打开《大师与玛格丽特》，唤起布尔加科夫的灵魂，开始一场迟到但不会缺席的相遇。

二

《大师与玛格丽特》可归纳出三条线索：魔鬼在人间（莫斯科）、大师与玛格丽特、彼拉多与耶舒阿（耶稣）的故事。它们建构起现实、个人、信仰三个维度。彼此交错，互为映射，使整部小说犹如一座拓向无限纵深的玻璃迷宫。

"魔鬼在莫斯科"部分，是交响乐式的写法，夸张又逼真，诡异且幽默，发挥了布尔加科夫一贯充沛的讽刺才能。魔鬼沃兰德带着四名随从，来到1930年左右的莫斯科，将这个城市搅得天翻地覆。1930，是现实飘摇的年份，也是布尔加科夫作品被禁的年份。这部小说，从最直接的当下开始书写。

五月的傍晚,牧首湖畔,"莫斯科文联"领导柏辽兹和诗人"无家汉"坐着聊天。"忽然,柏辽兹不再打嗝了,只觉得心脏咚地跳了一下,便无影无踪了。过了一会儿心脏回到原处,上面却像是插了一根钝针。不仅如此,他还突然感到一种莫名其妙的恐惧,恨不得马上不顾一切逃离这牧首湖畔。"

这是魔鬼的出场描写,让人联想《圣经》所言:"撒旦入了他的心"。(《约翰福音》13:27)柏辽兹的心先于眼睛感受到魔鬼。但在最初的恐惧之后,他迅速镇定,重拾被打断的话题。

他们正在聊的,是柏辽兹约"无家汉"写的反宗教题材的长诗。柏辽兹认为必须重写——虽然"无家汉"把耶稣写得不讨喜,但柏辽兹认为,耶稣根本不存在。

这个时候,魔鬼化身而来,加入讨论。博学的柏辽兹,不屑于阿奎那关于上帝存在的五项论证,以及康德的第六项论证。魔鬼追问：“如果没有上帝，那么，请问，人生由谁来主宰，大地上万物的章法由谁来掌管呢？”

"无家汉"抢答："人自己管理呗！"

对此，魔鬼反驳道：人的生命是有限的；人连自己的命运都无法管理。

魔鬼的回复，涉及两个终极问题：苦难和死亡。这是人本身无法支配、管理、解决的两个问题，也是理解生命意义的两把钥匙。《圣经》最古老的一卷书，不是《创世记》，而是《约伯记》（好人受难记）。人为什么有苦难？《约伯记》对此有启示。我们看到，耶和华问撒旦："你从哪里来？"撒旦答："我从地上走来走去，往返而来。"（《约伯记》1：8）接着，耶和华向撒旦谈论完全正直的约伯，并允许撒旦降苦难于约伯，"伸手毁他一切所有的"，"伸手伤他的骨头和他的肉"。

《大师与玛格丽特》中，魔鬼沃兰德大闹莫斯科，正是描述"撒旦从地上走来走去，往返而来"。但在魔鬼之上，有一个更高存在：上帝。魔鬼在人间走动，是经过上帝允许的，是上帝旨意的一部分。一切苦难皆在于上帝的掌控，一切苦难里皆有上帝的恩典。人不是被盲目抛掷到世界上，白白受苦，然后白白死掉的。布尔加科夫隐而未述的含义，可从耶稣是否存在的辩论里窥见，也在小说结局中被印证：耶稣派遣门徒马太指示魔鬼，"带走大师并赐给他安宁"。

牧首湖畔的辩论，仿佛全书的关键词提示。关于耶稣、魔鬼、苦难、死亡的思考，波澜不惊地展开了。

魔鬼沃兰德肯定耶稣存在，柏辽兹表示自己另有观点，还让魔鬼拿出证明。沃兰德说："什么观点都不需要！耶稣是存在的，如此而已！……并不需要任何证明。"

并不需要任何证明。信仰不是被摆到桌面上的东西。它不可见,也不能被演示。然而,肉身所能见、理性所能认知的,是不是绝对领域?如果人尚未骄傲到自以为真理,就得承认:此领域只是人类存在乃至整个存在的一个层面,该层面里的事物不具备终极性质。在肉身之外、理性之上,也许有一个终极秩序——上帝。

柏辽兹否认上帝,进而连魔鬼的存在也否认。沃兰德说:"我还是想恳求您一件事:您哪怕只相信魔鬼的存在也好嘛!我对您就不再有更多的请求了。您要知道,这是有第七项论证可以证实的,是最可靠的证明!它马上就会摆到您面前。"

在柏辽兹反驳了康德关于上帝的第六项认证后,魔鬼展开"第七项论证"。小说第三章标题,就叫"第七项论证",描写柏辽兹之死。这场死亡完全吻合魔鬼的预言——柏辽兹滑到轨道上,被电车车轮切下脑袋。

魔鬼是存在的,他以柏辽兹预定的死亡,论证了上帝的存在。渊博却骄傲的"莫斯科文联"主席死了,他的下一次出场,是作为一颗死人头颅,出现在撒旦狂欢舞会上。"在这张死人的脸上,眼睛竟还活着,而且还充满思想、饱含痛苦。"沃兰德对这位唯物主义者说:"一个人有什么样的信仰就会得到什么。"他使柏辽兹永死,将他变成一件物品——杯子,让他不复存在。

柏辽兹之死,让"无家汉"震惊。他想抓住魔鬼,却被人们当作神经错乱,送进精神病院。"无家汉"的俄文原意是"流浪汉""无家可归的人",隐喻看不见上帝的生存状态。具有反讽意味的是,在精神病院里,"无家汉"认识到上帝的存在,承认自己的诗歌糟糕透顶,并将过去的自我推倒重来。这位寡学而鲁莽的诗人得救了。他在院中结识了本书主人公"大师"。两人的入院原因,都是因为揭示真理——"无家汉"坚持自己看见了魔鬼,大师创作了一部关于本丢·彼拉多与耶舒阿(耶稣）的小说。

正当大师向"无家汉"娓娓讲述与玛格丽特的爱情故事时，平静的精神病院外，沃兰德将整个莫斯科搅得发了疯。谎言被揭穿，贪欲遭戏弄，好戏一出接一出。布尔加科夫笔下的魔鬼，读来既不可怕，也不可恶。荒诞中有真实，邪恶里有快意。他犹如一面镜子，照出人性之恶。也许，魔鬼早就来了，在人心之中，在谎言与贪欲之间，在莫斯科这座城之内。

魔鬼沃兰德，又被称为"撒旦""黑暗之王""罪恶的精灵与阴暗统治者"。"沃兰德"源于《浮士德》，此名被提及过一次，即在瓦尔普吉斯之夜，梅菲斯特要求让路时说："让路，沃兰德公子来了！"

小说开篇引用《浮士德》诗句：

"……那你究竟是谁？"

"是那种力的一部分，

　　总欲作恶，

　　却一贯行善。"

这正是前面提到的《约伯记》中的魔鬼观。魔鬼"总欲作恶"，但在上帝这个更高秩序之下，恶却成为善的一部分，恶的存在成就了善。魔鬼，你究竟是谁？是"那种力的一部分"，是上帝掌控之下，行走于人间的力量。

小说中的耶舒阿（耶稣），把即将处死他的总督彼拉多、杀人犯巴拉巴，甚至出卖他的叛徒犹大，都称为"善良的人"。人类内心的道德秩序，也是上帝安置于其中的。人因罪而恶，却因上帝的光照变得善。"耶和华所造的，各适其用，就是恶人，也为祸患的日子所造。"（《箴言》16：4）彼拉多、巴拉巴、犹大……何尝不是"那种力的一部分"。

小说中的魔鬼沃兰德，对耶稣门徒马太说："假如世上不存在恶，你的善还能有什么作为？假如从地球上去掉阴暗，地球将会是个什么样子？要知道，阴影是由人和物而生的。"

在上帝的秩序里，有善，也有恶。有光，也有暗。创世之时，"神看光是好的，就把光暗分开了"。（《创世记》 1：4）神并不因为"光是好的"，就消灭暗，他允许暗的存在，并将光与暗分开，形成秩序。有暗的存在，才能辨别光；有恶的存在，才能认识善。

正如光与暗是上帝秩序的两面，耶稣与撒旦也构成《大师与玛格丽特》的两面。魔鬼的篇章是实写，耶舒阿（耶稣）的部分则为虚写。他与本丢·彼拉多的故事，以不同形式反复出现：梦境、人物口述、小说手稿……时或，叙述者与故事中人重叠（比如结尾处，伊万梦见自己走上月光路）；时或，叙述者是布尔加科夫，是大师，是魔鬼。《大师与玛格丽特》的作者，重构了与《圣经·四福音书》不同的耶稣受难记，将之打碎成片断，贯穿进整部作品。

即使最为清晰完整的"魔鬼在人间"章节，也非"老老实实"讲故事，叙述者不断更替，全知视角与有限视角时时切换，使人读来不禁疑问：这是真的，假的？他是好的，坏的？正如沃兰德所言："阴影是由人和物而生的。"小说中的人和物，也呈现阴影般明暗不定的色彩。这使得复杂精妙的叙述技艺，不再只是技艺，而成为思想的一部分。

三

《大师与玛格丽特》共分两卷，第一卷主线是沃兰德大闹莫斯科；第二卷才是大师与玛格丽特。这对真正的主角，在整本书中姗姗来迟。第一卷第十三章《主人公登场》，大师单薄的身影匆匆登了个场，而玛格丽特仅仅存在于情人的口述之中。到了第二卷，从第十九章《玛格丽特》开始，这对情侣走到前台，整座莫斯科城退至背景。

这样的交错安排，使得小说呈现从众相到个人、从外部到内心的转向。当整个世界群魔乱舞、恶相丛生，万物以令人晕眩的速度旋转而起时，玛格丽特突然出现。她身穿黑衣，手捧黄花，"静静地走在蜿蜒、乏闷的小胡同里"。她是漩涡中央微弱却坚定的力量，将大师从毁灭边缘拯救过来。有什么能够抵挡绝对的黑暗？只有爱。爱就是光。

大师与玛格丽特，是一个爱情故事，也是一个关于个人苦难的故事。

大师是个"黑发男子"，大约三十八岁，胡子刮得很干净，鼻子高挺，眼神焦虑。写作《大师与玛格丽特》时的布尔加科夫，也是"大约三十八岁"，从照片看，有着与大师相似的外貌。是的，"大师"就是布尔加科夫——经过文字掩饰、技巧变形之后的布尔加科夫。

"这个自称大师的人狂热地写着小说,女人也被小说深深地吸引着……她预言他会扬名天下,并鞭策他、鼓励他。从那时起她开始称呼他'大师'。她焦急地等待大师写到'犹太的第五任总督'的故事结局,用歌唱般的嗓子一遍遍大声朗读她喜爱的句子。她说自己的生命就存于小说中。"

然而,当大师"带着小说走向生活"时,他的"生命也从此结束"。批评家阿里曼撰文警告,有人"企图在报刊中混进一篇对上帝道歉的文章"。大师起初吃惊,既而恐惧,最后害怕。"小说的失败犹如恶魔,仿佛带走了我的一部分灵魂……我被焦虑情绪笼罩着,甚至出现了幻觉。"他焚毁了小说手稿。

这些情节让人联想布尔加科夫的真实遭遇。失去发表权利的他,借助大师之口,"哀伤又鄙夷"地说:"我已经没有了名字,我抛弃了名字,正如我抛弃了生活中的一切。忘了它吧。"

也许正因大师与作者本人高度重合,这个主角反被写得面目苍白。大师的写作如有神授,他的恐惧、脆弱滑向虚空。当他被玛格丽特拯救,仍坚持自己的写作无用,宣称要放弃。他始终被环境裹挟,被外力推搡。他是一个怯懦的人。

布尔加科夫写道:"怯懦是人类缺陷中最最可怕的缺陷。"彼拉多是怯懦的,不想处死耶舒阿(耶稣),却忌惮大祭司和犹太民众;大师是怯懦的,焚烧手稿,试图放弃写作。布尔加科夫也是怯懦的,他描写大师的怯懦,从而省视自己的怯懦。然而,大师形象的苍白,何尝不是因为布尔加科夫有所保留?当他剖析自己的内心时,手术刀在最沉痛的那个部分止住了。在我看来,这也是怯懦的一种。十年沉寂和苦难,布尔加科夫与外界搏斗,更与内心搏斗。他拷问自己的脆弱、犹豫,拷问写作的意义。这些灼痛灵魂的问题,并未真正得到解决。

与大师的怯懦相比,玛格丽特勇敢非凡,让我联想到《浮士德》的诗句:"永恒之女性,引导我们上升。"她是布尔加科夫第三任妻子伊莱娜·希洛夫斯卡娅的化身。正如玛格丽特拯救大师手稿,伊莱娜也拯救了《大师与玛格丽特》。

为了爱情,玛格丽特不惜变身魔女,主持撒旦的午夜舞会。她"眼眸中有着女巫的目光、脸上凶残又冷酷"。然而,舞会结束后,她居然愿意牺牲与大师的重聚,去帮助女鬼弗丽达,使她免于永恒的惩罚。魔鬼沃兰德对此评价道:"仁慈有时候出其不意、鬼鬼祟祟地从最小的缝隙里爬进来。"凶残、冷酷又仁慈,唯独没有怯懦——相比大师,玛格丽特是一个更生动迷人的角色。

布尔加科夫最为华丽的文字,也献给了这位女主角。《飞翔》一章,玛格丽特化身女巫,骑扫帚飞翔。"隐形! 自由! 隐形! 自由!"整部小说倏然超拔，峰回路转，由莫斯科的现实狂欢，转入地狱盛宴的梦幻狂欢。玛格丽特连接起了生与死两个世界。

《撒旦的盛大舞会》，是小说真正的高潮和华彩。阅读过程中，我不断联想保罗·德尔沃的绘画：浓重阴郁的色彩中，骷髅和美丽的裸女并置。不同的是，保罗·德尔沃幽深宁静，撒旦舞会则血腥狰狞——一具具腐烂的尸体，复活成俊男倩女，经过一夜狂欢，重新归为尘土。我们常说，浮生若梦，是虚空，是捕风，布尔加科夫却把死亡描写得犹如一场梦。撒旦舞会一次次举行，死者们被一次次召回。他们死去了，却仍因生前所犯的罪而不得安宁（比如弗丽达，用手帕捂死亲生儿子，死后每天清晨醒来，都在床头柜上看到那条手帕）。

在布尔加科夫眼里，永恒的家园就是安宁。安宁的本质是自由。小说结尾处，马太说，耶稣已读大师的小说，请魔鬼"带走大师并赐给他安宁"。

沃兰德问:"你为什么不自己把他带到光明之处?"马太说:"他不应该得到光明,他应该得到安宁。"

大师死了,跟随魔鬼离开世界,他终于拥有"冷漠的宁静",再也不需要写作。"大师的记忆、大师的焦虑,那如针刺的痛苦回忆慢慢开始消失。有人赐予大师自由,正如大师赐予自己创作的主人公自由一样。"大师为彼拉多的故事添上结局——他"赦免了占星术师的儿子、犹太的第五任总督、金矛骑士本丢·彼拉多"。

布尔加科夫为自己创作的主人公,安排了这样的"大赦和永远的避难所",可以窥见写作之于布尔加科夫,是自我拯救之道,却难以成为"永远的避难所"。他所企盼的安宁,是在肉体死亡之后,在放下纸笔之时。这种绝对而永恒的内心秩序,是自由,是天堂,是耶和华的赐予。"耶和华必为你们征战,你们只管静默,不要作声。"(《出埃及记》14:14)而彼时彼刻,身处死寂般的孤独之中的布尔加科夫,也许并未借着写作《大师与玛格丽特》,抚平灵魂深处的不安宁。

     写于 2013 年 11 月 29 日星期五

像写忏悔录那样去写小说

一

著名的美国小说家,"南方文学的先知"奥康纳,宣称自己是个现实主义者。论到对现实主义的看法,她说:"所有小说家在本质上都是现实的寻求者和描绘者,但是每个小说家的现实主义都依赖于他对终极现实的看法。"

奥康纳描绘的现实，借用她最为著名的短篇名称，就是"好人难寻"。评论家普遍认为，奥康纳创造了最黑暗、最邪恶的文学世界——出于严谨，让我们加上"之一"。在这个世界中，"没有好人，连一个也没有"。(《罗马书》 3: 10) 以至于有人断定，奥康纳小说之黑暗，远甚于真实世界。

批评来自两方面。一方面是文学评论家，曾有人提出婉转的疑虑："事情有点耐人寻味——一个经常去做礼拜的人，诠释了一个庞大辉煌的暗黑世界。"另一方面则是宗教界。最严厉的指控，大概出于她同时代的某本天主教杂志，他们认定她的小说是"对《圣经》的粗暴否定"。

奥康纳自我辩护说，小说家"不应该为了迎合抽象的真理而去改变或扭曲现实"。但我的问题是，真理需要扭曲现实去迎合吗？倘若我们承认，真理是至高唯一的，那我们也必须承认，我们所处的现实世界，就是作为终极原因的真理涌现的结果。如果作为结果的现实有误,则意味着,要么是人类对现实的理解有误,要么是人类对真理的理解有误。我们在思辨人性、思辨世界的时候,发生了某种我们无力察觉的错误。

在我看来,虔诚的奥康纳,熟读《圣经》的奥康纳,自称是"十三世纪的天主教徒"的奥康纳,从未"粗暴否定"过真理。因为最深的黑暗,不在奥康纳笔下,也不在任何作家笔下,恰恰就在《圣经》呈现的人性之中。

《圣经》中广为人知的一个故事,是彼得三次不认主(《路加福音》 22: 33—62)。耶稣将自己即将受难之事,提前告知了门徒。彼得当场表忠心道:"主啊,我已经准备好要跟你一同下监,一同死。"耶稣却说:"彼得,我告诉你,今天鸡叫以前,你会三次说不认得我。"后来,彼得果然怕受牵连,三次不认主。在第三次面对指认时,他装疯卖傻道:"你这个人,我都不知道你说的是什么。"

这时，鸡叫了。他想起耶稣的预言，便出去痛哭。

多少年来，人们对彼得或失望、或震惊、或谴责、或惋惜，却容易忽略一个事实：彼得其实是所有人中最勇敢的那个。耶稣被捕时，他的十二门徒，除了告密者犹大，三次不认主的彼得，余者皆未被提及。唯一的原因只能是，他们早已一哄而散。我们甚至可以说，这十个逃跑的门徒，已经算是表现卓越。因为当时芸芸众生所做的，是跑去找本丢·彼拉多，要求他处死耶稣。

这故事揭示了人类最黑暗的境况：当真理来临，绝大多数人的反应是想杀死真理。仅有少数人追随真理，最终却为钱财出卖真理，或因恐惧抛弃真理。只有一人没有退缩，虽然他远远追随，再三否认。我们不得不承认，怯懦的撒谎者彼得，实则是最勇敢的。

陀思妥耶夫斯基对此深有洞察。在《卡拉马佐夫兄弟》中，有一段华彩的章节，就是假借二哥伊万之口而成的《宗教大法官》。在这篇诗剧中,耶稣突然出现在十六世纪的西班牙塞维尔,年近九十的宗教大法官,明知他是那位救主,却仍下令逮捕他。他说:"你就是耶稣吗?最好保持沉默,不要说什么话。因为你不适合发表什么言论。而我对你已经了解得够多了。你除了在以前说了许多话外,并未拥有充分的权利。知道为什么吗,因为你打扰了我们。"

这位宗教大法官,不欢迎真正的救赎者,原因是出于他对人性的认识。他认为相较于自由,人类更需要面包。相较于追随耶稣那虚无缥缈的道路,人类更甘心诚服于世上的三种力量:神迹、秘密和权威。这恰恰是耶稣在旷野受试探时拒绝了的。在他看来,软弱而败坏的人类,不可能像耶稣那样,经受住三种试探。绝大多数意志薄弱的人,承担不起自由选择的代价。而少部分的强者,则会在对耶稣再临的漫长等待中失去耐心,最终举起自由的旗帜，来反对那位赐予他们自由的神。宗教大法官，强者中的一员，上帝权柄的僭越者，通过赐予人们面包，允许人们赎买罪恶，替人们担待惩罚，使得弱者免于做出超越自身能力的痛苦选择，让他们在对人间偶像的顺从之中，获得宁静温和的幸福。

《宗教大法官》对人性的描述准确吗？看看《圣经》就知道。上帝给予人类的第一次自由选择，是在伊甸园中。他告诉亚当，分辨善恶树上的果子不能吃，吃了会死。夏娃受了蛇的诱骗，觉得那棵树的果子好当食物，既可明目又能长智慧，便吃了，又让亚当也吃了。人类祖先滥用了自由选择的权利，仅仅为了一口食物，背叛赐予他们自由的上帝。这岂不佐证了宗教大法官的结论：人们需要面包，更甚于需要自由；人们承担不起自由选择的代价。

为了替人类赎罪，耶稣来了。他治病赶鬼，引得追随者众。五饼二鱼喂饱五千人的神迹，让他的荣耀达到顶峰。但耶稣深知,跟随者贪图的是食物。让他们折服的,无非是神迹、秘密和权威。他们渴望治病赶鬼,渴望饱食鱼和饼,还渴望让耶稣来做地上的王,管理他们的世俗事务。当耶稣企图把真理、生命和自由赐予他们时,他们失望地离开了。只留下十二人,其中一个还是叛徒。而当耶稣受难时,别说是曾被喂饱的五千人了,连仅剩的门徒都不能与他同行。他是独自背负起十字架的。

宗教大法官的长谈阔论,完全符合《圣经》描绘的人性图景。而《卡拉马佐夫兄弟》中的二哥伊万,《宗教大法官》的阐述者,狂热的理性主义者,在洞察人性的同时,也花费颇多精力思考上帝。在伊万朋友的转述中,我们知道他曾说:"倘若把人类认为自己可以永生的信念加以摧毁,那么,不仅人类身上的爱会枯竭,而且人类赖以维持尘世生活的一切生命力都将枯竭。这且不说。到那时就没有什么是不道德的了,到那时将无所不可,甚至可以吃人肉。但这还没完。……对于每一位既不信上帝、也不信自己能永生的个人来说，如我们现在便是，自然的道德法则必须马上一反过去的宗教法则；人的利己主义，哪怕是罪恶行为，不但应当被允许，甚至应当承认处在他的境地那是不可避免的、最合情合理的、简直无比高尚的解决办法。"而在和弟弟阿廖沙的长谈中，他则表示："我并非不接受上帝，我只是恭而敬之地把入场券还给他。"

是的，伊万认识到人性不可救药的软弱和败坏，断定如果没有对上帝和永生的信仰，人类不可能有爱、生命力和道德，甚至"到那时将无所不可，甚至可以吃人肉"。伊万不否认上帝，但却拒绝上帝。他像宗教大法官那样，把真正的救赎者驱逐出去。他想完全凭借自己的理性，去面对黑暗的荒场，悲惨的世界。

伊万的崇拜者，卡拉马佐夫兄弟中私生的那一位,斯乜尔加科夫,把伊万的"无所不可"听在耳中,最终酿成杀死父亲、嫁祸长兄的惨剧。事发后,在与伊万的单独见面中,他向伊万坦承:"您教我的这个道理完全正确,当时您对我说过许多这样的话:既然没有永恒的上帝,也就没有任何道德可言,那还要道德做什么?我就是这样想的。"他把伊万称为主谋:"我不过是您的一名走卒、您的忠实仆人,就像大力神赫拉克勒斯手下的卡利斯,我是遵照您的吩咐干了这事。"

我们可以认为,斯乜尔加科夫是伊万那套"没有上帝,无所不可"理论在现实中的推演者,是伊万心中隐而未显的罪恶的践行者。这名私生的兄弟,仿佛是伊万的影子,也像是伊万理念和欲望的外化物。

然而,最终的实践结果却是伊万理论的破产。斯乜尔加科夫通过弑父,反而发现了上帝的存在。他对伊万说:"这里……只有咱俩,还有一位第三者。……这位第三者就是上帝,明察秋毫的主,他此刻就在咱们身边……"血案发生之后,反复折磨着这对兄弟的良心,就是上帝存在的证据。不管伊万承不承认,上帝早已把道德律令放在了每个人心中。当人背离道德律令,良心就会运作,使人产生痛苦和愧疚。斯乜尔加科夫,卑微的私生子,双手淌血的杀人犯,因为良心折磨,用自杀结束生命。

而伊万呢,也因良心折磨,得了震颤性谵妄症。陀思妥耶夫斯基用整整一个章节,《魔鬼。伊万·费尧多罗维奇的梦魇》,来描述"良心发现"这件事情对伊万铜墙铁壁般的理性造成的撞击。他产生了幻觉,看到在对面靠墙的沙发上坐着一个形容落魄的人。伊万知道,那人"并不独立存在",那人就是他自己,他"心造的幻影",但他仍和幻影不停辩论。

幻影或魔鬼,向伊万直截了当地指出:"动摇、惶惑、信与不信的思想斗争——这一切有时候对于像你这样识羞耻的人来说，实在太痛苦了，简直想上吊。"他举了多马的例子。多马，耶稣十二门徒之一，和伊万一样，是个理性主义者。他面对复活的耶稣，非得用手摸一摸才信。而幻影认为："多马之所以会信，并非因为看到了死而复生的基督，而是因为他原先就愿意相信。"因为，"在信仰问题上任何证据都于事无补，特别是物证"。

信仰不可见，也不能被演示。因为人依靠视觉造物，他的生活空间已为他能看见和把握的东西所界定。人通过"看"这种理性行为获得知识，通过"看"形成人生的方向感。然而，当我们谈及"信"，就必须承认：人不把"看"当作他自身全部，他的世界也不由他所见之物来界定。在肉体视野之外，在人类理性之上，存在更高的秩序、更恒定的法则。而拥抱或是抛弃这个至高者，完全是超越理性的，是人类对自由选择权利的一次运用。

在此意义上，幻影是伊万的灵魂之中，被理性压制的部分，是对理性之有限进行质疑的力量，是超乎理性之上而向他不停发出召唤的声音。那声音对伊万说："我只要往你身上撒下一颗小而又小的信仰种子，就会长成一棵参天大树，你坐在这棵大树上将甘愿成为荒原苦修的高僧和冰清玉洁的圣女，因为你内心深处非常非常向往此道，你将以蝗虫充饥，到荒原旷野去拯救自己的灵魂。"

陀思妥耶夫斯基借用小弟阿廖沙的视角，对伊万的这场病作出总结，说那是"'作出一项傲慢的决定前前后后的思想斗争，深刻的自我反省！'他所不信的上帝以及真理一步一步对他的心占了上风，尽管他的心仍然不服输"。

这段惊心动魄的内心冲突，让我想起《悲惨世界》中警官沙威的内心冲突，它描写了性质相同的事件，"他所不信的上帝以及真理一步一步对他的心占了上风，尽管他的心仍然不服输"。当沙威与冉阿让彼此宽恕，并放走冉阿让后，他在塞纳河边沉思自省，发现在他视为至高的法律之上，有着更高的东西：爱和宽恕。他发现了生命中的另外一个"上级"：上帝。"这个新长官，上帝，他出乎意外地感到了，因而心情紊乱。"沙威"被感动了，这是多么可怕的遭遇"。他觉得自己空虚、无用，脱节……毁了，他跳入阴冷的塞纳河中。

沙威的自杀，伊万的患病，是人类用最激烈的方式向上帝屈服。也有更温和也更幸运的顺服者，那就是《卡拉马佐夫兄弟》中的大哥德米特里。在被怀疑成弑父者，遭受了极其不利的预审之后，德米特里"做了一个奇怪的梦"，梦见一个又冷又饿的穷娃子。他感觉"一种前所未有的恻隐之心在他胸臆中油然而生，他想哭，想为所有的人做点儿什么……拿出不可阻挡的卡拉马佐夫精神来，什么也不顾忌，说干就干"。梦醒之后，他为有人在他脑袋底下塞了个枕头而心怀感激，甚至"在热泪盈眶之余，他的整个灵魂都为之震荡"。沉迷于世间情欲的德米特里，在行走过死荫的幽谷后，发现自己"需要命运的狠狠一击"，才能把他"像套野马那样套住"，他"愿意忍受当被告、为千夫所指的耻辱"，他"愿意经历苦难，通过受苦受难使自己得到净化"。

德米特里突如其来的梦境和转变，很像是奥康纳小说中的"恩典时刻"（the moment of grace）。对这个短语约定俗成的中文翻译是"天惠时刻"，我认为并不妥当。在奥康纳的基督信仰中，施予恩典的并非不可知的"天"，而是那位明明白白的神。

《圣经》记载了法利赛人扫罗，在前往大马士革迫害基督徒的途中，被一道强光击中，失明三日，自此成为基督的使徒保罗，为外邦人广传福音。保罗被强光击倒在地的时刻，德米特里被污为杀人犯而无法解脱的时刻，奥康纳《好人难寻》中老奶奶被越狱犯枪杀的时刻，就是恩典时刻。恩典时刻,是死亡的时刻,也是救赎的时刻,是将人心的黑暗,与至高真理的光芒合一的时刻。它的存在,使得对悲惨世界的描述发生意义。因为文学的目的,并非为了和人心比赛沉沦。

卡拉马佐夫四兄弟中的小弟阿廖沙,是个黏合剂式的人物。与三位被死亡带到上帝面前的哥哥不同,他从小在修道院中追随赫赫有名的佐西马长老,建立起了虔诚信仰。长老临终之前,建议他到尘世中刻苦修炼,到悲苦中寻找幸福,"你必须经受一切磨难,才能回来"。而家里发生的弑父惨案,恰恰让他展开了在尘世中的信仰试炼。

巴赫金用"复调"概念阐述陀思妥耶夫斯基的小说。不同调式貌似是同等重要的,仿佛作者本人的声音消失了,任由笔下人物彼此碰撞喧哗。

但我们必须认清一个事实,在任何小说作品里,作者不可能消失。陀思妥耶夫斯基创造的小说世界,也必然留下了他本人作为创造者的痕迹。在我看来，这个痕迹就是佐西马长老。小说整个第六卷《俄罗斯修士》，几乎都在论述这位长老：他的生平，《圣经》对他的影响，他的神学思想体系。这卷书是游离于主体情节之外的，但对小说而言，又无比重要。佐西马长老是个钥匙型人物，是开启整部作品的奥秘所在。

相似的钥匙型人物，还见之于《悲惨世界》。在主角冉阿让出场前，雨果用了大量篇幅，描写一位卞福汝主教。他的信仰生活，他的神学思想。他是那个向苦役犯敞开家门的人，是冉阿让灵魂得以救赎的起点，更是开启《悲惨世界》——这部被雨果本人称为"宗教作品"的小说——的钥匙。

但佐西马长老不同于卞福汝主教。在雨果的描写中，坚定信仰后的卞福汝主教，始终是个完美人物，完美得简直像是耶稣。而佐西马长老却在完成作者赋予的使命后，从近乎偶像的存在，变回了一个普通人——陀思妥耶夫斯基让他的尸体以快得不近情理的速度腐烂发臭。

在我的解读中,这个情节具有两层含义:一是击破长老的偶像地位,将他从死亡层面拉回人类的绝对平等中。二是借用长老之死,与宗教大法官形成隐蔽的呼应。须知伊万诗剧中的宗教大法官,已经年近九十。这个年龄意味着,经过了漫长的积累,他身上的荣耀与权柄,已经丰盛可观。同时也意味着,死亡即将临近,即将剥夺他在地上的积攒,即将把他和他所僭越的神,截然区分开来。

二

《圣经》里有句著名的话:"人心比万物都诡诈,坏到极处,谁能识透呢?我耶和华是鉴察人心、试验人肺腑的,要照各人所行的和他做事的结果报应他。"(《耶利米书》 17:9—10)这里蕴含两层意思:一,人心是最幽暗的;二,人心究竟有多幽暗，人不知道，唯有上帝知道。

人所不知道的，包括他人的内心，也包括自己的内心。一个人只能从行为上去判断另一个人，当他跨越他人的行为，试图进入他人的内心，揣测他人的动机，就形成了僭越。《圣经》反复提醒，"不要论断人"，即不要审判人，因为审判的权柄在上帝。中文里有个词叫作"诛心之论"，还有句老话叫"人心隔肚皮"。此话既有对他人幽暗内心的防备，也有承认对他人内心猜不透的智慧。

但在《圣经》语境下，这种猜不透有更进一层的深意，那就是人对自己的内心也是猜不透的，而上帝对我们内心的了解远远多于我们自己。"我们的心若责备我们，神比我们的心大，一切事没有不知道的。"（《约翰一书》 3：20）

斯乜尔加科夫和伊万，在弑父惨案发生前，对自己的良心全然无觉，这才导致了事后的自杀和崩溃。斯乜尔加科夫在自杀前与伊万私聊，将上帝称为悄然在场的第三者，称为"明察秋毫的主"，即斯乜尔加科夫的良心感应到的那位上帝。这也反向印证了伊万的理论，"没有上帝，人类就没有道德"。

从另一方面说，正因人对自己的内心知之有限，才使得"认识你自己"成为长久以来的重大命题。这不仅是哲学的工作，也是文学的工作。文学作为一门古老手艺，被一代代传承至今，不仅在于现实的无穷无尽，更在于人心的无穷无尽。

在现实世界中，"已有的事，后必再有；已行的事，后必再行。日光之下，并无新事。"(《传道书》1:9)古往今来的叙事作品，可以被归纳为屈指可数的模型。很多研究写作技巧的书籍，都在这样做。如果我们对小说文本有足够大的阅读量，便会赞美这些模型的精巧准确，还可能发现一个令人沮丧的事实：所有故事都已被人书写过了。

虽然日光之下并无新事，但日光之下的每个人都是独一无二的。人类的内心不可穷尽，意味着对人类内心的探索也不可穷尽。这是我仍旧从事这项古老工作的动力，也是我仍旧从事这项古老工作的方法。

我愿意把人类的内心当成写作第一推动力。将故事看成是为人物设置的一连串自由选择的情境，从而让人性通过具体情境的具体选择来得以体现。现实素材和历史细节的介入，则是第三个步骤，是往骨骼上填充血肉的工序。现实永不缺乏，关键是在处理现实时，小说怎样实现非虚构写作所不能实现的价值。简言之，我认为本质区别在于：人性是小说的起点，现实是非虚构写作的起点。

现实对于奥康纳来说，是单调无奇的。她终身未嫁，大部分时间和母亲待在农庄里，写作及思考上帝，过着"围绕房子和鸡圈转动的生活"，三十九岁死于红斑狼疮。在《生存的习惯》中，奥康纳说："我从未去过任何地方，只管生病。不过就某种意义来说，疾病也是一个地方，比去欧洲的旅程更具教育性。这地方往往没有同伴，也没人能跟去……在死前先得病是合宜的，我认为没生病就死去的人，错过了神的一种怜悯。"奥康纳对疾病的审视，深化了她对恩典的领悟，令她早早意识到，对于她，对于所有人，疾病是苦难，也是神的怜悯。这与她小说中的"恩典时刻"逻辑一致。疾病推导出的最终结果就是死亡。一个人死亡的时刻，才是他全然领受恩典的时刻。

奥康纳不是"阅人无数"的社交型作家。她用以沉思和内省的时间，多过与人交往的时间。我认为福楼拜的一句表述，泄露了此类作家的创作奥秘。他说："包法利夫人就是我"。有人质疑过这话的真实性。感谢学者沈志明先生的考证，他指出在伽利马出版社推出的《福楼拜——笔杆子》（2002年）第三章里，这句话出现过："应当相信福楼拜向女记者阿梅莉·鲍斯盖说的私房话：'包法利夫人就是我，就是模仿我的！'"

在这里，福楼拜的内心，成为了写作的第一推动力。包法利夫人这个人物，不是出于现实世界，而是出于他的内心。就像纳博科夫所言，"托尔斯泰或者契诃夫笔下的俄罗斯不是历史上的普通的俄罗斯，而是由天才个体想象创造出的一个特殊世界"。这是对"现实是写作第一推动力"的唯物主义写作观的反驳。这个世界上，见识过复杂现实，经历过巨大苦难的人，多得像天上的星，海边的沙，他们中的绝大多数没有成为作家。倘若人的内心缺乏对现实和苦难的感应能力，现实便会像水滴滑过油纸，苦难也不过是反复摔打一团泥土。生命白白地来，白白地经历，白白地消失。没有感受，没有意义，更没有恩典。而一个具备洞察力的灵魂，却能从最平常的生活里，挖掘出最惊心动魄的小说。比如奥康纳，比如福楼拜。

我最喜爱的福楼拜作品，是一个名为《淳朴的心》的中篇，它是《三故事》中的一则。我赞同卡尔维诺的评价："《三故事》中的三则故事几乎是福楼拜所有作品的精华。"《淳朴的心》的主角费莉西泰，过着与奥康纳类似的生活，一辈子没有结婚，生活里都是鸡零狗碎的农村琐事。不同点在于，费莉西泰是文盲，也没有因为疾病而早逝。在这篇小说里，没有万花筒似的现实，甚至没有故事，只剩下人的内心，一颗"淳朴的心"。高尔基说："为何我熟悉的简单的话，放到描写一个厨娘'乏味'的一生的小说里去，就这样使我激动？这里隐藏着不可思议的魔术……"福楼拜用他高超的技艺证明了，世上最波澜壮阔的风景，就是人的内心。

一位作家最真诚最深刻的作品，必然是一部忏悔录。"包法利夫人就是我，就是模仿我的。"这句话隐含了忏悔录的方法论。"忏悔录"一词，古典拉丁文原义为"承认、认罪"，后转义为承认神的伟大，有歌颂赞美之意。奥古斯丁《忏悔录》着重后一种含义,即历述一生蒙受的主恩,从而歌颂赞美神。但人们多注重第一种含义,将其视为奥古斯丁的自传和个人忏悔,"忏悔录"遂成为"自传"的别名,逐渐形成一种回顾、内省和仰望的传统。很多作家在烛火飘摇的年岁上,都会书写这样一本书。

卢梭赫赫有名的《忏悔录》,写作目的是,"要做一项既无先例、将来也不会有人仿效的艰巨工作。要把一个人的真实面目赤裸裸揭露在世人面前。这个人就是我"。帕斯卡尔的《思想录》,本质也是忏悔录,在听到死亡的声音时,他放下数学,转而思考最重大的问题:生命和死亡。这本书没有真正写完,因为死亡拿走了他的笔。托尔斯泰在《安娜·卡列尼娜》中,假托列文表达观点,意犹不足,又写一本《忏悔录》,总结自己与神角力的一生。而《日瓦戈医生》,也可被视作帕斯捷尔纳克的忏悔录。这部作品是他"生存的目的",是他在五十六岁那年,惊悉父亲去世之后,开始动笔写作的。他觉得自己"已经老了,说不定哪一天就会死掉"。死亡将要带他到上帝面前,而他以自己的忏悔作为最后的献祭。

让我印象最深刻的"忏悔录",来自于陀思妥耶夫斯基。很多人并不知道这是一本忏悔录,因为在完成之后,作者将它的名字,改成了《地下室手记》。

早在1850至1854年,陀思妥耶夫斯基于鄂木斯克监狱服刑之时,就已开始构思这部作品。他在给哥哥的信中说道:"我是在狱中的铺板上,在忧伤和自我瓦解的痛苦时刻思考它的……在这部小说中,我将放进我的整个带血的心。"后来的学者认为:"《地下室手记》是陀思妥耶夫斯基最露骨的作品之一,嗣后,他再也没有如此露骨、如此直言不讳地披露过自己内心深处的隐秘。"

虽然在当下,陀思妥耶夫斯基声誉甚隆,人们为《地下室手记》追加了诸多赞美,制造了正儿八经的大词,"多余人""非英雄""俄国的哈姆雷特"……但若一个读者诚实面对内心,便要意识到,书中过于露骨的自我披露,或多或少会激起不适。

1934年,高尔基公开以一连串辛辣的语言,贬斥《地下室手记》的主人公,以表达自己在阅读时被冒犯的愤怒。倘若说高尔基的发言可能带上了某种非文学因素,那么另一位大文豪的评价则必然不会违心。托尔斯泰说:"一个病人不可能写出健康的小说。"简言之,他认为陀思妥耶夫斯基的小说是病态的。这评价倒与《地下室手记》的开篇相契合:"我是一个有病的人……我是一个心怀歹毒的人。我是一个其貌不扬的人。"陀思妥耶夫斯基正是以第一人称的自言自语甚至呓语展开了这部作品。

也许托尔斯泰对陀思妥耶夫斯基作品的差评,

和对他本人的恶劣印象有关。他在一封致友人信中写道:"我认为陀思妥耶夫斯基其人既不善良,也不快乐。他心术不正,善妒而又堕落,一辈子都在使性子,发脾气……在瑞士,我曾目睹他对仆人的态度可恶至极,以致受辱的仆人愤而发出'我也是个人'的怒吼。"屠格涅夫的话就更难听了,他说陀思妥耶夫斯基是他"生平遇到的基督徒中最邪恶的一个"。

也许陀思妥耶夫斯基确实不高尚,但他从没假装自己高尚。他在这部原名《忏悔录》的作品中,塑造了一位令人生厌的叙述者。绝大多数读者会和这个叙述者保持距离,避免发生任何情感代入。唯一的原因,在于作者超乎常人的诚实。

《圣经》说:"神是真实的,人都是虚谎的。"(《罗马书》3: 4)这话不仅指向人类有意的谎言,也指向人类所有的语言。所有人说出来的所有话,都是主观的,都经过遴选和组织,都已被情感、记忆、自我维护的本能所洗刷。事实一经说出，就有被窄化和扭曲的危险。

陀思妥耶夫斯基对此显然是认同的。他在《地下室手记》里写道："在任何人的回忆录里总有这样一些东西，除了自己的朋友外，他不愿意向所有的人公开。还有这样一些东西，他对朋友也不愿意公开，除非对他自己，而且还要保密。但是最后还有这样一些东西，这人连对他自己也害怕公开，可是这样的东西，任何一个正派人都积蓄了很多很多。就是说，甚至有这样的情况：这人越是正派，这样的东西就越多。"

陀思妥耶夫斯基还进一步指出："海涅断言，实事求是的自传几乎是不可能的，一个人关于他自己肯定会说许多假话。在他看来，比方说，卢梭在他的忏悔录中肯定对自己说了许多假话，而且甚至于蓄意这样做，出于虚荣。"

我认同海涅，认同陀思妥耶夫斯基。当我们描述自己时，必然会描述出一个自圆其说的形象。多数人把自己描述成有着情有可原的小缺点的善良之人，比如像帕斯捷尔纳克那样；也有一部分人会把自己描述成混蛋，一个作恶多端但不失率真的可爱混蛋，比如像卢梭这样。

我们在自我设定的想象中打转，以至于不愿意承认，人性有着无数缺口，"自圆其说"反而是较为稀缺的状态。多数时候，人类的言行底下，埋藏着隐蔽幽暗的动机，无可推诿的恶念。

小说作者常常出于怜悯，为笔下人物的恶行，体贴地安排理由。比如一个人的残忍，是因为曾遭受严酷伤害；又比如一个人的冷漠，是缘于童年时被父母忽视。他们似乎不愿承认无缘无故的恶，不愿承认在很多情况下，恶就是恶本身的原因。

《圣经》反复教诲我们要"像小孩子一样"。在我的理解中，"像小孩子一样"，是要像小孩子一样相信自己软弱无知；是要像小孩子依靠父亲那样,依靠天上那位父亲。而奥康纳笔下的人物,常常怀有最深的恶意,没有托词,不留后路。这也是为什么,奥康纳的作品会给读者带来不适,就像《地下室手记》也令人不适。陀思妥耶夫斯基早已预料到读者的反应,他写道:"小说里应当有英雄,可这里却故意收集了非英雄的所有特点,而主要是这一切将给人以非常不快的印象,因为我们大家都脱离生活,大家都有缺陷,任何人都或多或少有这方面的毛病。甚至脱离生活到这样的程度,有时候对真正的'活的生活'反而感到某种厌恶,因此当有人向我们提到它时,我们就会觉得受不了。"

在我的理解中,《地下室手记》的"地下",不仅仅是地理空间概念,还隐喻了人类的灵魂秩序,指称了人类灵魂底部,那永远不能拿来示人的部分。陀思妥耶夫斯基试图把不可示人的,拿出来示人。在这一点上,他比托尔斯泰真诚。

托尔斯泰跟农妇有染,生了个儿子,他任由私生子自生自灭，唯一的帮助是让私生子给嫡生子当车夫。在我看来，这是比侮辱仆人严重得多的事件，倘若是发生在陀思妥耶夫斯基身上，不知托尔斯泰会使用怎样的评价之词呢。

在小说写作中，在《复活》《克莱采奏鸣曲》《谢尔盖神父》中，托尔斯泰是真诚而有忏悔精神的。但在生活中，他的人生理念与实际行动，自我想象与实际形象，似乎存在差距。不止一位熟人回忆起他，认为他冷淡骄傲，惹人生厌。屠格涅夫（又是这位嚼舌头的屠格涅夫）说："最叫人惊惶的莫过于托尔斯泰审讯式的目光，那种目光加上几句刻薄话，可以把人气得半死。他对别人的批评很难接受，当他偶然读到一封对他稍有微词的信件，他立刻向写信的人挑战，朋友们很难阻止他进行可笑的决斗。"相比之下，陀思妥耶夫斯基的心胸似乎更为宽广。他想必也领教过托尔斯泰"审讯式的目光"和"几句刻薄话"，但他没有反唇相讥，反而对托尔斯泰赞誉有加,坦承托尔斯泰的才华在自己之上,说"《安娜·卡列尼娜》是欧洲文坛上没有任何一部作品可以与之相媲美的、白璧无瑕的艺术珍品。作者本人是空前绝后的艺术大师"。

托尔斯泰深受《四福音书》影响,把爱、无私、舍己作为自己的信念,也确实做了很多实事,想要帮助穷人和农民。可惜行动仍然追不上信念。这导致他被一些人奉为圣人,却被另一些人大加诟病,甚至骂他是"假冒伪善的法利赛人""虚伪的人道主义"。

在我看来,两者都过于简单粗暴。我对这位在探寻生命意义的征途中毕生跋涉的老人,深怀体恤之怜悯,理解之同情。他舍己爱人的努力是真诚的,他的力不从心也是真实的。简要说来,托尔斯泰的信仰,是愿意接受耶稣的教诲,却不愿相信永生。他抓住了耶稣关于爱的阐述,却忽略了彼得、犹大、法利赛人的人性幽暗。他和《卡拉马佐夫兄弟》中的伊万一样，是理性主义者。他看起来像是伊万的反面，实则不乏共通之处。他们都想从理性推导出上帝之于人类灵魂和生命秩序的必要性，但却在理性的尽头停住。伊万的选择是调转头去，把上帝和人类的道德整个抛弃。托尔斯泰的做法却是，无视理性的局限，继续往前推演，试图弥合那不可见的至高者和人类有限理性之间的沟壑。他甚至发出"上帝的国在你们心中"的断言——虽然耶稣曾经明明白白指出，"我的国不属这世界"（《约翰福音》18: 36）。

从这个基础出发，托尔斯泰为自己找到了人生准则，还发展出一套社会理念。而他的理念，用《卡拉马佐夫兄弟》中的一段话来评价是最为贴切的：这是一个"在不要上帝的情况下建造巴别塔的问题——建塔的目的并不是为了从地上登天，而是把天挪到地上来"。

托尔斯泰的社会理念，最终在实践中失败。毛姆（又是这位善于讥嘲的毛姆）说："有人希望照他的观点度日，还成立了移民聚落。他们试图实践他的不抵抗主义，遭遇到悲惨下场，而他们落难的故事颇有启发性，也很滑稽。"

托尔斯泰本人的晚年生活也富有悲剧色彩。一位年轻的追随者，契尔特科夫，逼迫托尔斯泰实践自己的观念，让他把包括作品在内的财产捐出去。而托尔斯泰的妻子索菲亚却反复提醒，他有一家子妻小需要养活，孩子们正是接受教育的时候。契尔特科夫和索菲亚激烈争吵，使得托尔斯泰左右为难。或者不妨说，这两个人看起来，倒像是托尔斯泰内心矛盾的外化；是他渴望成为的人和他实际所是的人之间的不可逾越的鸿沟。他无法解脱，只能一走了之，最终死在了路上。这样的生命结局，简直像是关于托尔斯泰灵魂状态的隐喻。

耶稣从未苛求人类像他一样完美。他知道彼得三次不认主，仍将建造教会的重担放在彼得肩上。

苛求自己，将无法获得安宁，也会导致伪善。苛求别人，就失去爱的能力，甚至会僭越上帝审判的权柄。我们不过是人，拖着一具泥土做成的沉重肉身，囚困在这世界上。我们是多么有限，人和人互相打量，觉得这个高尚，那个卑鄙。但在全善的神眼里，这点德性上的差异完全可以忽略。因为唯有耶和华鉴察人心，唯有耶和华知道每个灵魂的角落里，隐藏着什么秘密。"凡是看见妇女就动淫念的，心里已经犯了奸淫。"（《马太福音》5:28）"凡向弟兄动怒的，难免受审判。"（《马太福音》5:22）上帝知道人心中隐而未显的罪。动怒就是杀人，"见艳心动"就是淫乱。照这样的内心标准，所有人都不可能完全遵守十诫。有些人会在混沌黑暗的生命状态中，被突然开启眼睛，认识到自己悲惨的处境，于是扑地哭泣，仰面呼求：主啊，求你怜悯我，求你拯救我。陀思妥耶夫斯基，就是这样的一个。

1849年，陀思妥耶夫斯基因牵涉反对沙皇的革命活动而被捕。沙皇决定开一个惩罚性玩笑。他把年轻的激进分子们关在狱中。某个清晨，剃光他们的头发，给他们套上白色寿衣，将他们双手反绑，押至广场。书记员宣读了死刑判决，昭告"罪的工价乃是死"，让他们最后吻一吻十字架。包括陀思妥耶夫斯基在内的三个人，被第一批选出来，绑在柱子上，面对杀气腾腾的火枪队。在临刑最后一刻，轻骑兵带来沙皇的旨意，将他们由死刑改判为苦役。三人中的一人，在这生死起伏中，被吓得精神错乱。

陀思妥耶夫斯基挺了过来。可以说，那个死而复生的时刻，便是他的恩典时刻。后来，在西伯利亚服苦役期间，有位政治犯的妻子送了他一本《圣经》。这是监狱中唯一允许阅读的书籍。四年苦役，六年流放，《圣经》始终陪伴陀思妥耶夫斯基，帮助他承受苦工、严寒，和日益严重的癫痫的折磨。

几乎再无别的作家,像陀思妥耶夫斯基这般接近死亡。一个人离死亡有多近,得到的恩典就有多丰盛。当被长枪瞄准,子弹即将出膛,陀思妥耶夫斯基是否感受到即将来临的审判?是否像扫罗被强光击倒一般,在恐惧与战栗的同时,被真理之光整个照亮?我认为这个时刻里,蕴含了陀思妥耶夫斯基对生命的全部体验,也埋藏了托尔斯泰一生汲汲渴求而不得的谜底。这死而复生的时刻,这恩典的时刻,光照了陀思妥耶夫斯基在世上的余生,赐予他无穷的智慧,使他得以单枪匹马,闯入人类灵魂的深渊之底。这是前无古人的壮举,暂时也看不到后来者。

卡夫卡曾在给情人菲利斯·鲍尔卡的信中,将陀思妥耶夫斯基称为四个和他有"血亲关系"的人之一。但在我看来,与其说陀思妥耶夫斯基是面向现代的,不如说他是面向传统的。他的工作是回到

《圣经》，回到《圣经》所启示的人性秩序里，这才使得文学有了一次焕发。就像加尔文和路德这样的宗教改革者，其实是"复原派"。围绕《圣经》的认识变革，不是往前走，而是掉过头来，往原初方向走；是试图回到福音，回到恩典，回到十字架。在此意义上，陀思妥耶夫斯基的写作，也是一场"复原派运动"，是文学的复原派运动，是一个人的文学复原派运动。

陀思妥耶夫斯基并没有什么"血亲"后代。卡夫卡也是里程碑式的大作家，但是作为法利赛人的后代，很难想象他能够领受十字架的意义。而这意义恰是陀思妥耶夫斯基的写作内核。卡夫卡离耶稣有多远，就离陀思妥耶夫斯基有多远。他在日记中提到陀思妥耶夫斯基时，是语焉不详的："特别的思想方法。感觉上的渗透。一切都是作为思想去感受的，即使是最难以理解的情感也是这样。"这似乎窥见什么，却又琢磨不透的惆怅与兴奋。此后浩浩荡荡的现代主义潮流，更多是技艺层面的光大，再无作家像陀思妥耶夫斯基一样，由那自上而来的强光，通过死而复活的恩典，彻底照亮灵魂。

我经常想起耶稣的殷切嘱咐："要进你的内屋，关上门，祷告你在暗中的父。"（《马太福音》 6:6）这句话里，有上帝深怀怜悯的告诫：你最丑陋的心思，最深刻的痛苦，不要说给他人听。因为他人不可信靠，因为他人脆弱如你，因为他人承受不起。同时，在这句话里，也有上帝温柔却坚决的命令：现在，你已进入内屋，也关上了门。再没别的人了，只有我和你。你必须说诚实话。因为我无所不在，我全然鉴察你心。

陀思妥耶夫斯基在《地下室手记》末尾写道："我觉得我动手写这部《手记》就犯了个大错误。起码，我在写这部小说的时候一直感到很可耻：由此可见，这已经不是文学，而是改造犯人的刑罚。"这种可耻感恰恰是因为，这是一本最像忏悔录的忏悔录。陀思妥耶夫斯基如此勇敢而诚实,仿佛他的写作,是身处密室,独自面对暗中的天父,轻轻地,用叹息般的声音,说出灵魂深处的话语。

这才是文学该有的样子,这才是文学应有的意义。

写于 2017 年 5 月 13 日星期六

托尔斯泰的文学理想国

一

1913年7月21日,卡夫卡在日记中写道:"特别的思想方法。感觉上的渗透。一切都是作为思想去感受的,即使是最难以理解的情感也是这样。"同年9月2日,在写给情人菲利斯·鲍尔卡的信中,卡夫卡把陀思妥耶夫斯基称为四个和他有"血亲关系"的人之一。

而托尔斯泰获得的同行赞赏,绝不比陀思妥耶夫斯基少。纳博科夫说,"托尔斯泰是俄国最伟大的散文小说家";帕慕克说《安娜·卡列尼娜》是"一切时代最伟大的小说";毛姆称托尔斯泰"写了两部世上最伟大的小说《战争与和平》和《安娜·卡列尼娜》"。而有些称赞更近乎偶像崇拜,高尔基把托尔斯泰称为"小神",契诃夫把他看作文坛羊群的牧羊人,称自己爱他甚于爱任何人,爱到害怕他死去。[1] 而陀思妥耶夫斯基也没有吝啬溢

---

[1] 摘自《可爱的契诃夫》,童道明译,2015年,商务印书馆。
"致缅尼什科夫1900年1月28日于雅尔塔:
我害怕托尔斯泰死去。如果他死去,我的生活会出现一个大的空洞,因为第一,我爱他甚于爱任何人;我是一个没有宗教信仰的人,但所有的信仰中唯有他的信仰最让我感到亲切。第二,只要文学中存在托尔斯泰,那么当文学家就是一件愉快的事;甚至当你意识到自己毫无作为时,你也不感到可怕,因为托尔斯泰正在为所有的人写作,他的作品满足了寄托在文学身上的那些期望与憧憬。第三,托尔斯泰坚实地站着,有巨大的威望,只要他活着,文学里的低级趣味,一切花里胡哨,俗里俗(转下页)

美之词。他承认托尔斯泰的才华在自己之上,说"《安娜·卡列尼娜》是欧洲文坛上没有任何一部作品可以与之相媲美的、白璧无瑕的艺术珍品。作者本人是空前绝后的艺术大师"。

2007年,美国出版了一本书,《十大:作家挑选他们最爱的书籍》。编写者是书评编辑J·佩德·赞恩,他邀请了一百二十五位英美当代名家选出他们最爱的十本小说,并以此制作为系列榜单。其中,不分国家和年代的综合榜,有史以来最伟大的十部小说,第一名是《安娜·卡列尼娜》,第三名是《战争与和平》。诺曼·梅勒、保罗·奥斯特、乔纳森·弗兰岑等炙手可热的当代作家,都将至少一本托尔斯泰作品摆在了他们个人的"十大"之中。

(接上页)气,病态的如诉如泣,骄横的自我欣赏,都将远远地、深深地淹没在阴影中。只有他的道德威望能够将所谓的文学倾向和潮流固定在一个相当的高度上。如果没有了他,文坛便成了一个没有牧羊人的羊群,或是一锅烧煳了的稀粥。"

罗列至此，托尔斯泰看似当之无愧为"作家中的作家"。然而，吊诡的是，他有多么受推崇，就有多么孤独。在他身后，找不出一位有"血亲关系"的作家。他没有学生和门徒，没能像陀思妥耶夫斯基，或是像他的崇拜者契诃夫那样，开创一种文学传统。

这或能解释，为何盛名之下，仍有人觉得托尔斯泰过时。托尔斯泰为何"过时"？是现实主义过时了吗，还是写实手法过时了？

相较于现代主义和后现代主义，现实主义具有强大的生命力，能够包容、创新来拓展自身。它是古老的风格，也是时用时新的风格。用评论家詹姆斯·伍德的话说："众所周知的文学悖论，即诗人和小说家循环往复地攻击某种现实主义，为的是宣传他们自己的现实主义。"

而写实手法呢？我还没见哪位值得一提的作家，认为小说可以完全抛弃写实。勇于探索的先锋作家罗伯-格里耶在《为了一种新小说》中说："所有作家都认为自己是现实主义者。从没人说自己是抽象派，印象派，空想派，幻想派。"可以说，任何风格的小说都依托在现实感之上。即使有所变形，也是达利式的变形。比如《内战的预兆》，画面整体荒诞感带来的震撼，大大依托于细部的真实、写实的力量——狰狞的关节，暴起的颈骨，紧绷的肌肉。更何况，小说对现实的倚重比绘画大得多。

在此意义上，托尔斯泰的写实功力永不过时，永远值得后辈学习。我赞同美国学者布鲁姆的评价："托尔斯泰非凡的现实感，其令人信服的程度只有莎士比亚和塞万提斯才能做到。"中国作家茅盾也说，《战争与和平》和《安娜·卡列尼娜》这两部巨著，让他佩服的不光是人物性格的描写功力，托尔斯泰对于一些大场面——如宴会、打猎、跳舞会、打仗、赛马的描写"五色缤纷，在错综中见整齐，而又写得多么自然，毫不见吃力"。

托尔斯泰既精确细腻,又开阔宏大,让一代又一代作家赞叹。然而,为何一代又一代作家里,鲜见托尔斯泰"血亲关系"的后辈?或者说,为何今天的小说家不再像托尔斯泰那样写作?

我无意于孤立思考这个问题,作为一名写作者和阅读者,我在深入探究托尔斯泰及其作品时,似乎可以对此做些回应。

二

几年前,我与友人提及,《包法利夫人》与《安娜·卡列尼娜》故事相仿,都能简单概括为:一名妇女有了婚外恋,然后她死了。事实上,这是信口之言,而非真心比较。两本小说本质迥异,两位作者于我的意义也不同:福楼拜是我最重要的老师之一,而托尔斯泰是一位让我远观的峰巅式人物。

后来发现,将它们相提并论的,不止我一个。

远在 1887 年，英国诗人马修·阿诺德说："包法利走了一条跟安娜有些相像的道路，但是包法利哪里有安娜的魅力？对女主人公的负罪感和其悲惨遭遇的同情等，能产生持久的魅力，这是福楼拜所没有的。他对他可怜的女主人公很残忍，带着恶意，无情地、不懈地追究她。"但在我看来，福楼拜只是努力把自己的情感从小说人物身上抽离出来而已。这种精妙的创举，与道德和同情心没什么关联。

纳博科夫在《俄罗斯文学讲稿》中认为："托尔斯泰手上的生活比福楼拜多……福楼拜的诗意小说中有更多的忧郁，托尔斯泰的小说力量更多。"[1]

---

[1] 完整原文为："《安娜·卡列尼娜》用简短、断开的章节取代了福楼拜流畅的段落，但托尔斯泰手上的生活比福楼拜多。福楼拜的作品中是在各个村庄和镇子之间骑马、散步、跳舞，无数小的活动，在每一章之间转换地点。在托尔斯泰的小说中，叮当作响、冒着白烟的火车被用来运输和杀死主人公，每一章也都使用了各种旧的时空变换方式，下一段或下一章的开头说，过去了多长时间，现在这些人在这里或那里做什么。福楼拜的诗意小说中有更多的忧郁，托尔斯泰的小说力量更多。"

我赞成他的观察,却不完全认同其观点:看起来"手上的生活"更多,或许是两者选择了不同的结构所致。《包法利夫人》更像中篇小说,清晰的单线叙述,鲜明的单一主题。《安娜·卡列尼娜》则是长篇小说常见的双线结构、复调主题和庞杂的人物群落。

但纳博科夫的另一观点,我则完全同意。他认为:"托尔斯泰总是特别关心对全人类很重要的永恒的问题……托尔斯泰感兴趣的是道德永恒的要求。"[1]

让我们回到文本,打开《安娜·卡列尼娜》,将目光停留在扉页题记上:"申冤在我,我必报

---

[1] 完整原文为:"托尔斯泰总是特别关心对全人类很重要的永恒的问题。该书中的道德问题不是因为与他人通奸,安娜必须付出代价(可以说那是《包法利夫人》阐述的教训)……社会的禁忌都是暂时的,托尔斯泰感兴趣的是道德永恒的要求。该书真正的道德问题是:爱情不能是纯粹情欲性的,它是自私的,因为是自私的,它就会破坏而非创造。因此它是有罪的。"

应"。这句《圣经》经文的引用,昭示着托尔斯泰将建立一个恢宏的秩序——关于罪、公义、报应的秩序。

此书有两位主人公:安娜和列文。两条叙述线索看似毫无关联地并行展开。到了第七部里,好事而热心的奥布朗斯基,一定要带列文见见安娜。这样,在小说临近尾声时,两位主人公终于见上了唯一一面。安娜"施展浑身魅力挑动列文对她的迷恋",列文确实为她着迷了一晚。但也仅此而已。那刻之后,两人的命运交错而开,继续沿着各自轨道向前。安娜一步步踏入死地,列文则迎来新生命,拥有了一个儿子。

有人将此双线结构称为"拱形结构",我更愿称之为"十字架结构"。安娜代表着人类往下堕落的状态;与她对应的列文那条线索,则表现了一个人不断向上仰望的状态。列文经历了哥哥的死亡,儿子的出生,经历了爱情、婚姻、工作,他对一切具体事物的思考中,包含了对生命本身的思考。

我们在托尔斯泰稍后写作的思想随笔《忏悔录》中,能非常清晰地看到,列文的问题,就是托尔斯泰的问题。列文的身上,有托尔斯泰的影子。《忏悔录》写了托尔斯泰对自己和上帝关系的思考。在一生之中,他忽而远离上帝,忽而想要抓住上帝,他的理性与那看不见的信仰互相角逐。在《忏悔录》最后,托尔斯泰写自己悬空躺在深渊之上,保持仰望的姿势,这让他舒服,也让他安心。我们比照《安娜·卡列尼娜》结尾,可见列文有相似的仰望:"而信仰——或者不是信仰——我不知道它是什么,——但是这种感情也历经种种苦难不知不觉间进入了我的心灵,并且牢牢地扎下了根……现在我拥有着让生活具有善的意义的权利!"

由此,安娜往下堕落的状态,列文向上仰望的状态,构成了一个十字架,那是生命的整全状态。这里没有批判,也不是非此即彼。每个人都是安娜，也都是列文。正如托尔斯泰本人所言："人不是一个确定的常数，而是某种变化着的，有时堕落、有时向上的东西。"

托尔斯泰笔下的安娜如此迷人，我们几乎要像列文一样，被她迷住了。那是因为托尔斯泰对安娜怀有深刻的怜悯。当他铺陈整部书的结构秩序时，仿佛是在模拟上帝创世的行为，而当深入细部描摹时，他则从一个人的立场，去洞悉另一个人。

此外，另一重要原因是，描写人类的堕落与悖逆，本是小说之所长，描写人类的虔诚则不是。《圣经》中的许多人与事，被一次次改成小说、戏剧、电影。但有一则重要事件，却从未被成功改编，那就是亚伯拉罕将唯一的爱子以撒献祭给上帝。这个行为出自完全的信心，在人类历史上独一无二。如果我们硬要还原情境，展开描述，便会意识到这里连最拙劣的道德说教都没有空间。唯一可行的表述，是克尔凯郭尔的方式——虽然克尔凯郭尔声称,《恐惧与战栗》是文学作品,但它显然不是小说。在小说里,亚伯拉罕老年得子,对其百般宠爱,某天却突然一声不吭把这亲儿子骗出去烧死了。他只可能像克尔凯郭尔想象的那样,被描写成疯子和杀人犯;面目偏执,难以理喻,引不起读者的任何共鸣。

是的,在小说里,光彩夺目的不是人类信心之父,而是像安娜·卡列尼娜那样的"罪之花"。在小说里,全然的美德,无瑕的高尚,往往难以留下深刻印象。也因此,在小说里,相比于安娜,列文显得较为高尚,却也显得较为失色。

然而,必须有一个同等重要的列文。因为托尔斯泰的本意,不是津津乐道于一场婚外情。他有着关于公义秩序的宏大写作野心。"伸冤在我,我必报应",堕落与悖逆必得报应。所以,安娜卧轨自杀,佛伦斯基参军赴死。这样的结局,并非"世事无常"的不可知论,更不是心血来潮的偶然安排,它符合托尔斯泰对罪和公义的理解——"罪的代价是死亡"。

然而,这里隐藏了一个巨大问题:在现实生活中,我们往往看不见善恶有报。那么,是上帝设定的秩序塌毁了吗?

三

这样的疑问亘古有之。《圣经》最古老的一卷书,不是《创世记》,而是《约伯记》。约伯就是一位受难的好人。好人为什么有苦难?约伯不停呼求,三位朋友不停论断。也许上帝的回答过于深奥了,不能阻止人类一次又一次发问。然而,上帝允许人类发问。《约伯记》仿佛一把关于苦难和死亡的钥匙,开启了我们对这个在报应问题上看似毫无公平的世界的理解。

是的,如果我们的生命只有现世,灵魂与肉体一般短暂，那么，善恶祸福岂不是一手交钱一手交货的生意？"罪的代价是死亡。"死亡不仅仅指肉体的消失。在《创世记》中，耶和华告诫亚当，不要吃分辨善恶树上的果实，"因为当你吃的时候，你必将死"。从语气上看，死亡将是一个食用禁果后即刻发生的事实。然而，亚当夏娃吃了以后，还活得好好的，并且眼睛开了，能够知善恶了。难道真如引诱他们的蛇所言，耶和华在欺骗亚当吗？不，耶和华所说的死亡，不仅仅指肉体消亡。耶和华在知道亚当夏娃吃了分辨善恶树上的果子之后，派遣基路伯看守生命树。没有吃到生命树果子的人类，便拥有了肉体死亡。但肉体死亡不是即刻发生的；即刻发生的，是亚当失去了与上帝的联结，成为被逐出伊甸园的孤儿。此后漫长的岁月里，人类仰望呼求，却不能回到上帝身边，直至耶稣来临。耶稣表示，人只有跟随他，才能向死而生。由此可见，耶和华所警诫的死亡，更多指灵魂的昏昧和沉睡。

"罪的代价是死亡",这里的"死亡"也指灵魂状态。那么肉体呢?"按着定命,人人都有一死,死后且有审判。"这句话里的"死",才是肉体死亡。要到肉体死亡之后,上帝才会展开审判。也就是说,只有当我们把生与死视为连贯一体时,才能看到报应和奖惩的绝对公平。

《安娜·卡列尼娜》的困境也在于此。这部小说呈现的,是现实的世界,是生者的世界。一切关于死亡的描述,在小说人物死亡的一刻便终止了。那存在于死后世界的终极审判,那"伸冤在我,我必报应"的权柄,往往在现实世界和描述现实世界的文字中显得模糊脆弱。在现实世界中,好人未必有好报,恰恰相反,好人可能会承受更多苦难。

这是人的局限,也是小说的局限——我们被困在了可见的世界上,更高远的审判,我们看不见。任何在现实世界里寻求完整秩序的渴望注定破灭,因为"天国不在地上"。也正因为此,《安娜·卡列尼娜》中那个秩序明确的世界破碎了。与之一起破碎的，还有托尔斯泰反对私有财产的社会乌托邦倾向，和他全然否定私欲的道德乌托邦倾向。这些破碎对托尔斯泰生活的冲击，以及给他晚年带来的痛苦不安，我将在后文具体论述。

回到小说本身，对于《安娜·卡列尼娜》所构造的那个秩序井然的世界，我们很难全然反对或赞成。因为没有人是全对的，每个人不过是在寻找一个恰当位置，并在这个位置上做出恰当姿态。而小说家们的姿态，越来越向这个被遮蔽了秩序的世界倾斜。把更高的本质暂且搁置，提出问题而不探索答案。生存还是毁灭？谁知道呢。什么是善，什么是恶？不好说。是的，人类太有限，面对本质问题，的确无法一举把握真理性的答案。然而，求答案而不得，与不承认有答案，是两种有着根本区别的态度。而在后现代思潮和全球世俗化趋势的助推下，很多小说家们关注的主题也显示出局限化趋势。一部引起好评的小说，可能仅仅关注一个具体问题，比如种族、家庭、战争、性别、权力、成长、孤独、恐惧、性压抑等等。而作家身上的标签也越来越具体，如移民作家、女权作家、小镇作家、乡土作家等等。

现年八十七岁的文学评论家哈罗德·布鲁姆，显然对今日美国痛心疾首。他和女权主义者进行大论战，他认为如今留得下的美国小说屈指可数，他说："很多长篇小说都因其社会用途而受到过分赞誉，一些只应称为超市小说的东西，被大学当成正典来研究。"他认为重要的长篇小说"往往会触及关键性的谜团，或思考决定性的问题"。这种指责是正确的，也是令人为难的。人类的知识，总体处于不断细分的过程中。小说家深耕于局部问题，甚至通过强调地域风情来确立自己的风格，完全是一种合乎潮流的选择。苏格兰启蒙哲学的时代已经过去，就像托尔斯泰的时代已经过去一样。如《安娜·卡列尼娜》那般整全思考人类生命秩序的作品，虽然被一代代作家供在文学经典殿堂的尖顶之上，却几乎无人再去写上一本类似的东西。

四

托尔斯泰的生命中，经历过一场精神风波。有人将之理解为常见的中年危机，有人认为是没来由的宗教狂热。很多人把它当作八卦掌故，说笑而过。

但在我看来，必须对此进行辨析。它是深入托尔斯泰作品的钥匙，也是通往托尔斯泰内心的窄门。毕竟，把托尔斯泰封为道德高尚的圣人，或将他唾弃为"虚伪的人道主义者"，都是隔靴搔痒的贴标签。"人不是一个确定的常数，而是某种变化着的，有时堕落、有时向上的东西。"撇去种种光环，托尔斯泰不过普通人类之一员，他的人性没有超出总体的人性范畴。而借助于窥探托尔斯泰的内心风景,或能让我在写作和审视人生时,得到更多启示。

托尔斯泰的灵魂争战,起始于《安娜·卡列尼娜》的创作过程,在后来相当长的时间里,来回拉锯,绵延不绝。1877年4月,在工作了四年之久,终于完成《安娜·卡列尼娜》后,托尔斯泰给诗人费特写信,信中说:"您首次对我提到神——上帝。而我早已在不断思考这个首要问题了。如果我们不能跟他们一样看待这个问题,我们就必须走出路子来。"

这里可以看出端倪:托尔斯泰对上帝感兴趣,认为这是首要问题。然而,他对"他们"不以为然,随时准备和"他们"决裂。"他们"是谁?从后来的事情看,指的是东正教会。

同年11月27日,托尔斯泰写信给他的好友、批评家斯特拉霍夫,问:"对宗教,哲学除说它是一种偏见之外，是否还有别的说法呢？最纯洁的基督教是什么样子呢？"

可见，写作《安娜·卡列尼娜》时的托尔斯泰，尚未坚定信仰。他本人如同笔下的列文一般，有仰望和期盼，也有迷惑和不确定。那么，书中稳固的秩序框架，"伸冤在我，我必报应"的明确性，又从何而来呢？

在随后写成的《忏悔录》里，托尔斯泰自述幼年受洗，接受过最正统的东正教教育，并在整个少年和青年时代，把上帝当作理所当然的存在。直至十八岁那年，他从大学二年级退学，并且暂时却长久地离开了上帝。

但无论怎样，自幼接受的东正教信仰，成为托尔斯泰的认识论基础，也成为他重要的写作资源。除了传统和教育，还有另一些事情也影响到他。在写作《安娜·卡列尼娜》的过程中，他遭遇了一系列死亡事件。1873年春，妻妹塔尼娅的大女儿达莎夭折。同年11月9日,他的小儿子彼得夭折。1874年6月20日,表姑塔季扬娜去世。托尔斯泰与她感情深厚,曾在信中说:"我一生都和她生活在一起。没有她,我感到可怕。"1874年4月22日,托尔斯泰喜添贵子,取名尼古拉。然而,尼古拉只活了十个月,就因水肿而夭亡。

一连串的悲剧,催生了列文这个人物。托尔斯泰把自己对生命和死亡的思考,寄托在他身上。要知道,在《安娜·卡列尼娜》最早的构思里,只有一位主人公,即"一个上流社会失足的妇女",而小说的"任务是把这个妇女描写得可怜而无辜"。[1]

也是在《忏悔录》中,托尔斯泰记录了写作

---

[1] 1870年2月24日,托尔斯泰的妻子索菲亚·托尔斯泰在日记中记下了作家关于《安娜·卡列尼娜》的最初构想:"昨晚他(托尔斯泰)对我说,他脑子里出现了一个上流社会失足的妇女形象。他说,他的任务是把这个妇女描写得可怜而无辜;还说,这个形象一出现在他眼前,以前出现的所有人物和男人典型通通各得其所,集结在这个女人周围。"

《安娜·卡列尼娜》时的心境变化,说他因为失去活着的意义而沮丧,觉得一切都没意思。① 他说:"有一年之久我几乎每时每刻在问自己:要不要上吊或开枪自杀?这段时间内……我的心被一种痛苦的感情折磨着。这种感情我只能称之为寻找上帝。"托尔斯泰与自杀的冲动反复抗争,整天抓着一根绳子,睡觉都不放开,最后不得不吩咐仆人把绳子藏起来。

他把这个事件写进了《安娜·卡列尼娜》。在第七部结尾处,随着主人公安娜卧轨自杀,小说的主体故事尘埃落定。但写作仍旧延续到第八部,集

---

① 完整原文为:"五年前一种很怪的状况开始降临在我身上。起先我经历了困惑和生命延滞的时刻,好像不知怎么活下去或者怎么办才好,我感到失落和沮丧。但这种情况过去了,我继续照先前一般过日子。后来这种困惑时刻愈来愈频繁,总是遵循同样的形式。永远是以下列问题来表达:一切为了什么?有什么结果?我觉得自己立足的根基坍塌了,脚下什么都没有。我赖以生存的东西不复存在,我可以仰靠的东西都没有了。我的人生已经停顿。我可以呼吸、吃喝和睡觉,我做这些事身不由己;但是没有生命,也就没有什么我觉得该合理实践的愿望了。"

中剖析了另一位主人公列文的精神困惑。在这一部分中,列文"把绳子藏起来,免得自己用它去上吊,也不敢带枪出门,免得他会自杀。但是列文既没开枪自杀,也没上吊,他还继续活着"。

在小说中,列文的妻子吉蒂"知道丈夫心里烦恼是为什么。就因为他不信教……他自己说,他是希望自己信教的。那么他又为什么不信呢?大概是,因为他想得太多了吧"。吉蒂就像托尔斯泰的妻子索菲亚一样,属于"简单相信"的虔诚基督徒。托尔斯泰必定也留意过妻子的信仰状态。"大概是,因为他想得太多了吧?"这是吉蒂对列文的判断,抑或是托尔斯泰对自己的疑惑。

如果说,列文之前的苦恼来源于生活中的具体苦难,比如向吉蒂求婚被拒,在乡下经营庄园失败,哥哥尼古拉在他面前痛苦死去(尼古拉,也是托尔斯泰写作小说过程中夭折的儿子的名字),那么此时的列文,生活早已尽如人意,他成功娶到吉蒂，很快就要有个孩子。为什么还想自杀呢？我想是出于某种形而上的痛苦。这是列文的痛苦，也是托尔斯泰的痛苦。这痛苦源于生活中的死亡和苦难，但又不仅仅于此。

毛姆对此只看到前半部分。他说："有一项恐惧终身困扰着托尔斯泰——就是死亡的恐惧。人必有一死，除了危险和重病时刻，大多数人都识趣地不去想它。但死亡对他却是挥之不去的隐忧。"

这话放在其他一些作家和思想家身上，是完全适用的。比如帕斯捷尔纳克，在五十六岁上动笔写作《日瓦戈医生》，因为父亲的去世，使他感觉到"我已经老了，说不定我哪一天就会死掉"。比如，帕斯卡尔，在听到死亡的声音时，放下了数学，转而思考最重大的问题：生命和死亡。他开始写作《思想录》。这部书他没有真正写完，因为死亡拿走了他的笔。

而托尔斯泰却跟上述两位不完全相同。他在

《忏悔录》中谈论到自己的精神危机，说道："这一切都是在我拥有一般公认的好运时降临我身的。我还没满五十岁；我有个好妻子，她爱我，我爱她；还有好儿女和一大片庄园，我没花多少力气就将它改善并扩大了……我受到人们赞美，不须自欺也可以自称是知名之士……我具有同一阶级的男人少见的身心力量：我割草的体力上比得上农夫们，智能上我可以一口气工作八到十个钟头，不会因为如此透支体力而生病。精神状态却在告诉我：我的人生是一个不知谁对我开的愚蠢而又恶毒的玩笑。"

亲人的接连去世，确实激发了托尔斯泰对苦难的痛感，加剧了他对死亡的恐惧。但我们不能否认的是，托尔斯泰对自己的生活美满程度，是自信到略有些洋洋得意的。是的，生活有苦难和死亡，但整体而言，他实在是个什么都不缺乏的幸运儿。为何还会内心沮丧到崩溃？托尔斯泰没有继续探究下去，而是思路一转，去思考解决之道了。

在我看来，此时的托尔斯泰，正处于浮士德式的困境之中。托尔斯泰出身于贵族，早年纵情声色，在女人、交际圈和各种享乐中抛掷光阴。随后他与所爱的少女结婚，拥有了家庭。他读书写作，获得学问、名望、数不清的仰慕者。任何他所想所求的东西，上帝都给了他。那么，他满足了吗？

在写作《安娜·卡列尼娜》的后期，一切已有了征兆。那时的托尔斯泰，几乎被厌倦感击倒。"现在我重复被那部可厌而庸俗的《安娜·卡列尼娜》所羁绊住了，我唯一的希望便是能早早摆脱它，愈快愈好……"（1875年8月26日《致费特书》）"我应得要完成使我厌倦的小说……"（1876年《致费特书》）

在疲惫和疑惑之中，托尔斯泰完成了《安娜·卡列尼娜》。这部作品在俄国掀起了飓风。1877年5月7日，斯特拉霍夫给他写信，说："关于《安娜·卡列尼娜》每一部分的出版情况,各报报道得如此之快,议论得如此之热烈,就好像是报道和议论一场新的会战或俾斯麦的一句新格言一样。"翌年春天,他给托尔斯泰寄来一些赞美《安娜·卡列尼娜》的文章,托尔斯泰看也不看就烧了。

我们不能据此就说,托尔斯泰是个淡泊名利之人。他从不掩饰自己的虚荣。他年轻时曾在日记里坦承,比起热爱善良,自己更热爱名声。他认为他那才华横溢的大哥尼古拉之所以没有成为作家,是因为"他缺乏作家所必须具有的主要瑕疵——虚荣"。[1]

但此时,托尔斯泰年近半百,身心健壮,名声充盈至溢出,虚荣满足到麻木,他却只是感到厌烦。不仅仅是对写作厌烦。"生命已经让我厌烦。"他如是说。他走到内心欲望的边缘,发现那里是一

---

[1] 见《托尔斯泰传》(上册)第 129、19 页,艾尔默·莫德著,北京十月文艺出版社,2001 年版。

个虚无的深渊,世间万物都填充不了。它在向托尔斯泰不停发出死亡的蛊惑。"我仿佛是活着,活着,走啊走啊,结果走到深渊前面,我清楚地看到前面什么也没有,只有死亡。"①

这就如同浮士德。精通哲学、法学、医学、神学的浮士德,发现知识不能满足他,然而他年已衰老,生命将在一无所得的遗憾中逝去。魔鬼出现了,与他打赌,并做了他的仆人。浮士德在魔鬼强大能力的帮助下,穿越时空,重获青春,追逐一切想追逐的,得到一切想得到的。他沉迷过色欲,也享受过美。然而,他没有真正满足。因为如影随形的魔鬼,正是"永远否定的精灵",对于一切有限而短暂的事物,他从根本上毁灭它们的意义。"一切事物有成就终归有毁;所以倒不如一事无成。"在歌德笔下,魔鬼就是虚无本身,就是创世之时,

---

① 见《忏悔录》。

在"要有光"之前,那无边的虚空、混沌和黑暗。

这是为什么,浮士德"不满足任何的欢乐和幸福,一个劲儿把变换的形象追逐"(魔鬼语)。色欲、爱情与美,都是短暂脆弱的;世界上一切肉体的欲望、眼目的欲望、今生的骄傲,都会过去。正如最智慧、最富有、最有权势的君王所罗门在暮年时所感叹的:我见日光之下所做的一切事,是虚空,都是捕风。(《传道书》 1:14)

然而,浮士德不愿停步,也无法停步。他赌约在身,不能被虚无击败,不能终止追寻的旅程。于是他填海造地,打造出人间乐土,地面上的理想之国。有一天,面对那些"在自由的土地立足的自由之民"时,浮士德认为他"有生之年的痕迹,不会泯灭,而将世代长存",便不禁说道:"你真美啊,请停一停。"伴随这声感叹,他的生命终结了。

浮士德的死亡,有两层深意。其一,不停歇的追寻,以及因此带来的虚无感,使浮士德在生命中永远不得满足。当他终于满足的时刻，便是他死亡的时刻。其二，什么东西真正满足了浮士德？是"世代长存的有生之年的痕迹"，我愿意将之称为：永生的替代品——浮士德在世界上制造出的痕迹，作为他生命本身的替代物，永远留存了下去。

写出《安娜·卡列尼娜》的托尔斯泰，显然有理由满足。一百年过去，人们仍在阅读安娜，讨论安娜，仍在爱着恨着安娜。这显然已是作者"有生之年的痕迹"在世代长存。然而，托尔斯泰并未在安娜面前感叹说："你真美啊，请停一停。"

他深知，生命的替代物，不是生命本身。在他无法填补的心灵深渊之外，更有对死亡的恐惧。人类必死的命运，使得托尔斯泰不能满足。这让他痛苦，却也拯救了他，让他没像浮士德那样，在满足的一刻死去。

这样的困境，不仅属于所罗门、歌德、浮士德和托尔斯泰，而是属于每个活着的人。我曾看到一句有意思的话：很多人在三十岁时就死了，直到七十岁时才被埋葬。这描述了一种普遍生存状态，一种貌似满足感的麻木——没有任何追寻的渴望，除了赚取每日的面包，再没有其他梦想和好奇心。这样的生命，是仅仅作为一堆肉体活着的，慢慢堆积脂肪，慢慢肢体衰老，慢慢等待肉体被埋葬。而另一种常见的人生状态，则是对金钱、名声、荣誉的不懈追寻。追寻而不得的痛苦，和追寻而得后的虚无，交替折磨人们的内心。

更何况，在所有目标之上，更有对永生的渴望呢。对死亡的恐惧与留下"有生之年的痕迹"的野心，是这一隐蔽渴望之两面。读书人想要立下身后美名；艺术家想要创作出传世杰作；帝王们纷纷造像、立碑，甚至将尸体风干起来……普通人也试图使生命留下痕迹，所以拍照、录像、写日记。然而，在无限的时间面前，人的这些行为都是有限的，它们无法成为真正的永生替代物。因为肉体终将消失，灵魂终将离开世界。此刻我们正在谈论的托尔斯泰，只是作为想象而存在的托尔斯泰，并非那个有血有肉有灵魂的托尔斯泰本人。

面对这样的困境，所罗门的解决方案是：敬畏上帝，谨守他的诫命，这是人当尽的本分。(《传道书》12：13) 歌德则在与艾克曼的谈话中透露，他认为浮士德得救的秘诀在于，"有爱来自天庭"。"我们单靠自己的努力还不能沐浴神恩，还要加上神的恩典才行。"

那么托尔斯泰呢？幼年所受的信仰教育，早已被他抛弃多年。但他愿意将之捡起，愿意重新出发，去上帝那里寻求答案。他让信仰在列文的心灵里扎根，让妻子吉蒂看到列文脸上"宁静而快乐"。列文的追索，随着小说结束了。但对托尔斯泰而言，一切刚刚开始。列文是他本人的投影，也是他的美好愿望的投影。要让信仰在自己心灵里扎根，托尔斯泰还有漫长的路要走。

五

1877年，托尔斯泰开始写作《宗教教义问答》和《宗教的定义》，并尝试恢复中断多年的持斋和祷告。他到离亚斯纳亚波利亚纳一俄里半远，在莫斯科通往基辅的大路上散步，观察那些历尽千辛万苦去往基辅朝圣的基督徒。他还常常上教堂去，试图弄明白并且体验虔诚基督徒的心理状态。

他甚至拉上斯特拉霍夫，一起去了奥普蒂纳修道院。这个著名的修道院，据说是由一位在基督里获得新生的强盗修建的。大名鼎鼎的阿姆夫罗西·奥普京斯基长老在此修行。果戈理等俄国作家都来访问过，有的甚至死后把尸骨埋在了这里。

在托尔斯泰拜访的差不多同一时期，另一位大文豪也来拜访过，那就是陀思妥耶夫斯基。1878年5月16日，陀思妥耶夫斯基因为三岁幼子的夭折，悲痛欲绝，无心工作，便在夫人的建议下，和神学家索洛维约夫结伴访问了奥普蒂纳修道院。他在里面待了七天，并跟阿姆夫罗西长老交谈。这段经历影响到了后来《卡拉马佐夫兄弟》的写作。很多人认为小说里的佐西马长老的原型，就是阿姆夫罗西长老，连前者的修室都是根据后者的来进行描绘的。

但与陀思妥耶夫斯基的丰盛收获相反，托尔斯泰对奥普蒂纳修道院之行感到失望，认为自己没有从中获得原先所期待的信仰力量。

相似的经历，不同的结果。俄国文学史上最重要的两位作家，因为各自不同的生命体验，导致了他们对基督信仰的不同理解，从而也导致了他们文学作品迥异的精神内核。

奥普蒂纳修道院之行后，托尔斯泰内心仍然不得安宁。1878年1月8日，他告诉妻子，他准备写一部关于十二月党人的长篇历史小说。是年秋天，他开始动笔，同时头脑里又开始酝酿一部关于彼得一世时代的长篇历史小说。但在写了几个片段之后，他就因为无法专心而停下工作。

1878年6月，托尔斯泰写道："假如我试图把自己不知道以及无法知道的问题归纳一下的话，我有以下一些问题得不到答案：一，我为什么活着？二，我以及一切人存在的原因是什么？三，我以及一切人存在的目的是什么？四，我在自己身上感觉到的那种善与恶的分离意味着什么？为什么？五，我需要怎样生活？死是什么？这些问题完整的概括表述是：我如何才能拯救自己？我觉得我在毁灭——我活着而实际上却在死去，我爱生而恶死——我如何才能拯救自己？"

深受困扰的托尔斯泰，此时尚未彻底放弃东正教。1879年夏，他去了基辅。他在给妻子的信里说："从早晨直到下午三点，我跑来跑去看大教堂、山洞，拜访修士，对此行十分不满。不值得。……七点钟我又到大修道院去了,去看苦行修士安东尼,也没有得到多大教益。"

这次基辅之行,真正打击了托尔斯泰,并导致了他的转向。1879年10月,他第一次在日记中写道:"从三世纪末以及更早的时期开始,教会就是一连串的谎言、残忍和欺骗。"1880年1月,他去了彼得堡,和堂姑亚历山德拉·安德烈耶夫娜见面的时候,他告诉她,自己离开了东正教。他认为东正教是建立在欺骗基础上的。后来在给她的一封信里说:"信仰的只能是我们不能理解但也不能推翻的东西。但是要信仰我们觉得是欺骗的东西——则不可能。"

在后来的著作《天国在你们心中》里,托尔斯泰这样写道:"教会人士认为他们为自己编出来的一种关于基督教的观点就是基督教,并认为这种理解是唯一的确切无疑的真正的理解。"

值得注意的是,托尔斯泰此时并没有抛弃基督信仰，恰恰相反，他对基督的信仰坚定了下来。1881年7月15日，他给莫斯科大学教授拉钦斯基写信，说："坦白告诉您我自认为是个什么人吧。我认为自己是个基督徒。耶稣基督的学说是我的生活基础。如果怀疑它，我就不能生存。但是与教会和国家相关联并得到它们承认的东正教，对我来说，是一切罪恶诱因的基础，它阻碍人们看到上帝的真理。"

托尔斯泰认为自己信仰基督，却不信任东正教。从某种意义上说，信仰确实不等同于宗教。信仰是神与个人的直接关系，宗教则是一群人的组织。经过一番考察后，托尔斯泰决定撇开宗教，独自上路，去寻找令自己满意的信仰。

在此意义上，托尔斯泰是骄傲的，他比很多骄傲的知识分子同道走得更远。在神学史和基督教历史中，不少基督徒知识分子和教会关系紧张。斯宾诺莎被教会终生驱逐，一辈子只能磨玻璃为生。康德写文章批判教会,受到国王的警告,自此不再公开讨论神学。前文提及的克尔凯郭尔,横眉冷对整个教会,申明自己死后不需要任何宗教仪式……

知识分子的骄傲,以及漫长智力生活所导致的路径依赖,让托尔斯泰决定从知识中去寻找信仰的答案。他爱上了帕斯卡尔《思想录》中的一句话:"我们的长处是思想。我们应当在思想领域变得崇高,而不应当在我们无法填充的时间和空间方面去寻求崇高。让我们好好思索吧,这是道德的本源。"

事实上,这种试图从知识推导出信仰的行为,和他本人对堂姑亚历山德拉·安德烈耶夫娜所表达的对于信仰的理解,存在着隐蔽却不可调和的矛盾。我们不妨重提托尔斯泰1880年信件中的那句话:"信仰的只能是我们不能理解但也不能推翻的东西。"

这句话道出了信仰的实质:信仰是理性范畴之

外的东西。倘若依照《圣经》的教诲,"敬畏耶和华是智慧的开端"(《箴言》9:10),那更是可以得到截然不同的方法论:信仰是知识的起点,而非相反。人类理性所能认知的领域,并不是一个绝对性领域。这个领域中的事物,并不具有终极性质。在理性之上,还存在一个超验领域,只能以"简单相信"的方法来对待它。这种方法,就是克尔凯郭尔的"信心的纵身一跃",也是帕斯卡尔掷骰子的智慧。帕斯卡尔,这位被托尔斯泰看重的思想家,在试图用概率学知识阐明上帝存在的理由时,第一道逻辑就是:人不能通过逻辑来证明上帝的存在。在我看来,正是托尔斯泰对这个基本认识的背弃,导致了他后来生活和心灵中的某些旷日持久的困苦和矛盾。

托尔斯泰进行了芜杂的阅读:康德、帕斯卡尔、施特劳斯、雷南、米勒、蒲鲁东、布赫诺夫、索洛维约夫……他还写下了一系列思辨文字,试图全方位解决问题:《教会与宗教》和《基督教可以做什么,不可以做什么》(1878年),反思了教会和福音的背离;《忏悔录》(1879—1882年),回顾了自己"与神角力"的人生;《教义神学批判》(1879—1881年),继续抨击东正教;《我的信仰在哪里?》(1882—1884年),阐释了自己的神学思想;《论生命》(1886—1887年),论述了自己对于生命的思考(值得一提的是,这个小册子最初名为《论生与死》,起源于1886年9月的一封长信。他花了整整一年时间,把这封探讨了生死问题的信件整理成了一部理论著作。最后定稿时,他将标题里的"死亡"删掉,书名最后成为了《论生命》);《天国在你们心中》(1892年),这本书是对长文《我的信仰在哪里?》的进一步系统阐释,并对自己遭受的抨击做出辩解回应。

以上仅仅罗列了一个阶段的思考成果。我们从托尔斯泰的创作年表中可以看到,他对信仰的思考,以及从信仰推演开去的关于人类社会的思考,一直延续到他死亡之前。

我们从这些思考中看到,托尔斯泰不仅脱离了东正教会,还试图摆脱整个神学传统。比如在《教义神学批判》中,他认为三一论是"构成正统基督教的最重要教义",但他"拒绝这个教义"。他不仅拒绝教义,甚至拒绝基本神学概念。比如在《论生命》中,他用"理智"和"动物性"的概念,来取代神学传统里的"灵"和人类从母胎而来的"罪"的概念。是的,托尔斯泰野心巨大,想通过阅读和思考,建立一套完全属于自己的话语系统。这套系统不仅解决生命和死亡对他的困扰,还能解决整个人类世界的重大问题。他认为在他之前,人类探寻知识的方向存在重大错误,"掩盖了人们认识的主要对象,即:为了获得幸福必须要求动物性肉体服从于理智,而把研究不依赖于生命幸福的存在当作了主要对象"。历史、经济,甚至包括医学等，都是"关于生命的空洞无益的研究"。①

在托尔斯泰庞杂的思考中，处于核心位置的就是《四福音书》，其中核心之核心，就是《登山宝训》。事实上，当我们回顾托尔斯泰早年的书单便会发现，在他十四至二十一岁之间，《登山宝训》就对他产生了"极大影响"。年轻时的托尔斯泰曾认定《圣经》是无误的："作为启示与作为艺术，全部《圣经》，包括里面的每一个字，都是正确的。"②但值得注意的是，在同时期对他产生"极大影响"的，除了《圣经》，还有卢梭等启蒙思想家。托尔斯泰对卢梭推崇备至，就像对《圣经》那样推崇备至。在他那里，启蒙主义和基督信仰的内在冲突，似乎根本不成问题。而这不成问题的问题，在隐伏多年之后，终于成为了托尔斯泰思想中一个不可忽

---

① 见《天国在你们心中》。
② 见《托尔斯泰传》（上册）第310页，艾尔默·莫德著，北京十月文艺出版社，2001年版。

略的问题。

中年托尔斯泰一边研究神学,一边翻译《四福音书》。他对《四福音书》的热爱,其实是对青年时代阅读的再发现。不同的是,他不再觉得《圣经》无误。他以自己的方式,将卢梭、《圣经》,以及各式各样的思想杂糅在一起。为了让这种杂糅能够自圆其说,他将《四福音书》从《圣经》中割裂出来。

《圣经》是一个整体。《旧约》是律法时代,主张以牙还牙,以眼还眼。《新约》是恩典时代,强调爱是一切诫命的总纲。但《新约》并未废除律法,而是成全了律法。但托尔斯泰忽略了《旧约》,事实上就是忽略了"伸冤在我,我必报应"的律法秩序。如我前面分析的,在书写《安娜·卡列尼娜》时,托尔斯泰仍然信任这个秩序,并将"罪的代价就是死"的道德规则,隐匿在小说的情节设置之下。但是现在,他的想法不一样了。他只看重《登山宝训》，认同"不要与恶人作对"（《马太福音》 5：39）。他拒绝战争，无论是不是正义之战。他也反对死刑，无论受刑者是不是罪恶滔天。他更是厌恶所有"强制性的法律，法庭，警察，和监狱"。概言之，他成为了一个人道主义的无政府主义者，反对一切的政府和暴力。他从这个起点衍生出的社会理论，使他拥有了大批追随者。他们轰轰烈烈地实践他的理念，并且轰轰烈烈地失败了。毛姆对此讥讽道："有人希望照他的观点度日，还成立了移民聚落。他们试图实践他的不抵抗主义，遭遇到悲惨下场，而他们落难的故事颇有启发性，也很滑稽。"

在我看来，这并不滑稽。托尔斯泰及其追随者的实践，并不是人类历史中的唯一一次。恰恰相反，古往今来，不断有人前仆后继，希望建立类似的乌托邦。但至今无人能成功维持一个没有法律和强制手段，完全靠爱、自律、奉献和忍耐来运行的共同体。历经漫长岁月存续下来的国家，都有成熟的法律。而在大多数法律系统中，最具影响力的源头典章，就是《旧约》中的十诫。欧陆和英美的法律系统之来源，大都能追溯到犹太人法典，其核心就是摩西律法（即十诫）。

指出这样的现实，并非意味着人类据此制定的法律已经绝对公正。和其他出自人类之手的事物一样，它们不完美，并且永远无法达到完美。但解决方案不应是抛弃它，而是在接受其不完美的基础上去逐步完善。

《圣经》传达的要义在于，人类只有借着耶稣的救赎，通过"从水和圣灵"的重生，才能到达天国。而我们只要活在地上，就要承受人类罪性所带来的战争、饥荒和瘟疫，就需要用法律和监狱，用权力制衡机制，将人性的败坏约束起来。

托尔斯泰对此拒不接受。如前所述，他将"灵"的概念替换成了"理性"，认为人的生命是从出现理性意识时开始的。他是一位理性主义者。他否认人之所以为人的独特性，是先天的，先验的。他认为理性才让人获得生命，理性就是规律。万事万物都在规律之中，人的生命也在规律之中。

崇拜规律的托尔斯泰，不能全盘接受耶稣。因为，在他看来耶稣是个反规律的存在。基督徒把这种反规律叫作神迹。托尔斯泰不相信神迹，不接受复活。他认为"《使徒行传》充满了令人讨厌的神迹奇事"，还说"对于我们现代的人，《圣经》里这些有关上帝、创造、升天等等说辞没有丝毫的意义"。（见《天国在你们心中》）至于复活，他更是断言，"如果不是编造出复活的话，基督就不会被转化为宗教，而保罗是主要的编造者"。他甚至认为《圣经》里压根没有"复活"这个词。

在托尔斯泰看来，耶稣不过是一位训导人生美德的导师。托尔斯泰通过理性，将他与孔子、婆罗门等进行比较，决定接受《登山宝训》的教诲。从理性上看，托尔斯泰喜欢关于爱的言说，关于道德的训诫，却不承认他的同行陀思妥耶夫斯基乐意一再揭露的现实：败坏的人性根本不可能完全达成这样的高尚和大爱，故而需要耶稣的救赎，以及"从水和圣灵"里的重生。托尔斯泰不需要这样的救赎和重生，因为他有理性。在他看来，理性能够使他抛弃动物性，并由此获得高尚的道德。理性能够弥合罪恶与纯洁的鸿沟，并把天国放置在人们心中。他把爱、无私、舍己作为信念，认为通过自身努力，掌握"幸福和理智的规律"，让"动物性肉体服从于理智"，就可以成为高尚之人，从而得到幸福。

但从后来的事实看来，托尔斯泰并没有获得幸福。他的晚年孤独而痛苦。并且在很多人看来，他也并不怎么高尚。他确实做了很多实事，想要帮助穷人和农民。有些人因此将他奉为圣人，但也有另一些人骂他是"假冒伪善的法利赛人""虚伪的人道主义"。用《托尔斯泰传》作者艾尔默·莫德的话来说,"批评家们常常以发现他的行为的反复无常和怀疑他的真诚为乐"。

这些批评嘲讽,不能说是毫无根据。比如,托尔斯泰主张禁欲,却让妻子多次怀孕,还跟一位农妇生下私生子,日后竟让私生子给嫡生子当车夫。毛姆曾就此事嘲讽他:"一心想救农奴脱离受贬低的处境,想教育他们,教他们干净、正经和自重,我以为他至少会为他的私生子出点力呢。"但事实就是,托尔斯泰任由私生子自生自灭,唯一的帮助是为他安排了车夫之职。

但我们不能因此就说,托尔斯泰是虚伪的。他早年的日记如此真诚,"我深入地对自己做了剖析,我觉得,在我身上占上风的有三种不好的欲望,即好赌、好色、好虚荣"。(1852年)他晚年的小说,比如《克莱采奏鸣曲》和《谢尔盖神父》,也是真诚的,并且充满着真诚所带来的惊人的洞察力和忏悔精神。但在另一方面,他的人生理念与实际行动,自我想象与实际形象,存在着不小的差距。这里不宜以"虚伪、假冒伪善、反复无常"等词汇来粗暴概括。真正的困境或许可以用《四福音书》里的话来表述:托尔斯泰"心灵固然愿意,肉体却软弱了"(《马太福音》 26:41)。

六

在托尔斯泰迟暮之年,一位狂热而年轻的追随者,契尔特科夫,常常严厉责备托尔斯泰口是心非,不肯放弃全部著作的版权和收入。他告诉托尔斯泰,作家拿自己的作品卖钱,跟出卖节操没什么两样。托尔斯泰立了一份遗嘱,申明把著作权留给他。契尔特科夫仍不满意,认为这份东西没有法律效力,于是索性自己起草了一份,为了避免非议,遗嘱正文表示著作权留给托尔斯泰的小女儿亚历山德拉，但在备忘录里注明，由他契尔特科夫来具体处理。他后来和别人解释其意图，是"要把亚历山德拉的任务限于确保我不受阻碍地按照我从托尔斯泰那里得到的指示来处置他的文学遗产"。他成功地让托尔斯泰在他起草的遗嘱和备忘录上用铅笔签了名。

托尔斯泰的妻子索菲亚反应激烈，她说"契尔特科夫从我这里夺走了丈夫的心和爱，还要从孩子和孙子嘴里夺走面包"。她反复提醒丈夫，他有一家子妻小需要养活，孩子们正是接受教育的时候。在败于下风之后，她渐渐精神不稳定，逢人便诉说她的不满，还写在信上，记在日记里。

虽然托尔斯泰站到了契尔特科夫那边，但不代表他不煎熬。他心情郁闷，健康状况越来越差。对于索菲亚和儿孙们，他并非没有情感和责任心。但是这种情感和责任心，明显违背了"无私高尚"的理念，属于"动物性躯体的幸福"，必须将它们否定,才能达成"人类生命的规律"。①

事实上,托尔斯泰的整个后半生,一直在跟情感和本能作战。这使他显得对陌生人出奇友好,对家人却未免有些残忍。而当时的俄国文化圈,却普遍赞扬托尔斯泰摆脱了家庭伦理,达到了至高境界,而索菲亚这种庸俗女人就该因为嫁给天才而付出被抛弃、被出卖的代价。作家伊凡·蒲宁用二手资料拼凑出一本描述托尔斯泰生命最后时光的《托尔斯泰的解脱》,给这种看法添了一大把柴。索菲亚小气、琐碎、格局有限的市井女人形象,就这样被永远定格下来。

在我看来这些嚼舌头的话语和文字中,充满了缺乏常识的成见。虽然托尔斯泰晚年一直对自己生活奢侈感到内疚,但据周围人回忆,他当时的生活水准,就连普通的中产阶级都会觉得寒碜。而在这

---

① 关于动物性躯体和人类规律等的理论,见托尔斯泰的著作《天国在你们心中》。

个中等生活水准的家庭里,索菲亚是照顾丈夫起居的妻子,是生了十几个儿女的母亲,也是一名十七岁出嫁、一辈子操持家务而缺乏外出谋生能力的主妇。她对失去所有产业和经济来源的恐惧,以及因此导致的神经质,简直是再正常不过的人类情感。

但托尔斯泰恰恰就是要与这样的情感为敌。他一生离家出走过三次。第一次是在1884年,最后情感战胜了理性,托尔斯泰去而复返。当他重新踏入家门,妻子正在临产,是晚为他生下了小女儿亚历山德拉。 1897年第二次出走,托尔斯泰给妻子留了信:"我决定逃走,因为随着年岁的增长,这种生活越来越使我感到压抑,而且我越来越强烈地渴望孤独,其次,孩子们现在成长起来了,而我在家中的存在不再必要……印度人快满六十岁时就离开家庭到森林中去,任何一个有宗教信仰的人到了晚年都想一心一意地侍奉上帝,而不再去嬉闹、搬弄是非,或是打网球,我也一样。我就要满七十岁了，一心渴望安宁、独处、和谐——即使是不彻底的成功，也不愿再与自己的信念、自己的良知如此惊人的不一致。"但最后他还是回了家。对家人的情感和责任，像一根风筝线似的拽住他。

或者我们也可以说，在托尔斯泰生命的最后时光里，契尔特科夫和索菲亚的矛盾，是他自己内心矛盾的外化——是他渴望成为的人和他实际所是的人之间的矛盾，是理念和真实情感之间的矛盾。如果第三次出走后，他没有生病，最后会不会也折返回家呢？我们不得而知。但我们确切知道的是，最终令托尔斯泰真正解脱的，不是出走，而是死亡。

1910年10月27日，托尔斯泰第三次，也是最后一次出走。导火索是他的妻子半夜走进书房，寻找契尔特科夫给丈夫挖坑的那份遗嘱。托尔斯泰感到"憎恶和愤怒"，伙同自己的医生，秘密离开了位于亚斯纳亚·波利亚纳的庄园。抵达科泽里斯科时，他写信召来了小女儿亚历山德拉——这是众多子女中，忠于托尔斯泰理念的一个。早前在 1901 年，俄国神圣宗教院发布文告，以"用智力的自负反对基督"为由，开除了托尔斯泰的东正教教籍。托尔斯泰的妻子，以及较为年长的儿子们，在观念层面站在了教会那边。小女儿长大后，则是托尔斯泰理论的坚定支持者。她为出走的父亲带来了母亲的信。

托尔斯泰没有理睬索菲亚的信，继续往前走。他感染了肺炎，很快病重。他给长子长女写了遗嘱，拒绝面见从家中赶来的妻子。11 月 20 日，他在梁赞省阿斯塔波沃火车站去世。

托尔斯泰死后，著作版权按照遗嘱给了小女儿，十月革命后又被收归国有。事实上，亚历山德拉从没真正取得处置托尔斯泰著作的权利。她和契尔特科夫时时爆发激烈争吵。她认为他利用父亲的文字，捞了太多钱财。这并不让人意外。晚年的托尔斯泰，总是被一群吵吵闹闹的揩油者包围。他们向他索求无度，用各种苛刻的道德标准勒索他，令他饱受折磨。其中闹得最欢的，当属契尔特科夫。其实托尔斯泰早就察觉他是个"难对付的人"，但因为是信念上的盟友，便一次次包容他，任凭他在生前生后压榨自己。

除了著作权，托尔斯泰还要把所有私产散出去。他给小女儿口授了另一则遗嘱："最好从你妈妈和哥哥手中将亚斯纳亚·波利亚纳买下来分给农民。"几年后，忠心耿耿的亚历山德拉遵照遗嘱，将哥哥的土地买来分给农民。整个家族随后破产，托尔斯泰的子孙后代流散到了世界各地。没多久，他的次子伊利亚在美国病亡。或者，按照知情人的说法，伊利亚差不多是穷死的。这个在贵族家庭里成长起来的孩子，想必没学过什么实用的谋生技能，就被赤贫贫地扔向了这个世界。

好在托尔斯泰再也看不到家人的悲惨境遇了。事实上，早在1890年，他就想向政府提出声明，表明他不承认私有制,要放弃自己对私有财产的权利,但因家人们的反对才作罢。二十年之后,死亡帮他克服了对家人的情感责任,也替他彻底解开了理念与现实的矛盾。

传记作家艾尔默·莫德认为,托尔斯泰"之所以犯错误,正是因为他也把财产、两性关系和政府等复杂的问题过于简单化了,想用完全抛弃它们的太过简单的方法来解决它们"。但很多人不同意。他们认为托尔斯泰不是"简单化",而是虚伪,总想用自己都不能完全做到的标准去要求别人。

在我看来,问题不在于"把问题简单化",更不在于"虚伪"。如前所述,托尔斯泰将《四福音书》,尤其是《登山宝训》,从整本《圣经》中割裂开来。在《圣经》中,道德指示当然是重要的,但我们同时也看到《圣经》说,"没有义人,连一个也没有"(《罗马书》 3: 10);"我们都像不洁净的人,所有的义都像污秽的衣服;我们都像叶子渐渐枯干，我们的罪孽好像风把我们吹去"(《以赛亚书》64: 6)。《圣经》指出，人类是败坏的，人无法完全遵守律法，所有人都做不到品质无瑕。但托尔斯泰不认同。他认为人通过自己的努力，可以达到——至少是接近道德完善。

哪里有这样道德完善的人呢？早在爆发中年精神危机的时候，托尔斯泰就开始痛恨虚荣、势利、道德混乱的文艺圈子。他转而赞美农民。到了托尔斯泰老年时，农民也令他失望了。他认为他们无法理解他，彼此观念差距过大。失望的托尔斯泰被孤独感包围。"孤独"这个词频繁出现在他的日记和书信里。

作为大文豪，托尔斯泰对人性的洞察力无疑是极其敏锐的。他把农民描写得超出其他阶层，并非因为他被蒙骗了。恰恰相反，他对农民的秉性极为了解。他曾一度扛着农具去田间劳动，和农民打成一片，故而被称为"农民伯爵"。

很多人觉得，托尔斯泰是由于同情和怜悯，才对农民的理解出现偏差。早在1852年，托尔斯泰在日记里提及过这个问题，他这样写道："由于他们所完成的工作，和他们生活的困苦，平民比我们好得多，所以我们当中有人要写关于他们的任何坏话都似乎是不应该的。他们固然有罪恶，可是最好只说他们的好处，就像对于已死的人一样。……谁能对这个可怜而又可敬的阶级的过失发生兴趣呢？在他们当中，善良多于罪恶，而去寻求前者的原因，也比寻求后者的原因更自然，更宽宏大量。"这里当然有同情和怜悯，但对待"已死之人"的"宽宏大量"，多少也有点社会精英居高临下的想象和投射。

事实上，年轻时的托尔斯泰，并不只是对农民和平民居高临下。在翌年，也就是1853年的日记里，托尔斯泰写道："差不多每一次遇到一个陌生人时，我都有一种失望的痛苦感觉。我想象他是和我自己一样的,并且用这个标准去衡量他。从今以后,我必须记得我自己说一个例外,是走在时代前面的人……我必须采用一个不同的标准(低于我自己的标准),用它来衡量别人。……我还没有遇到过一个人在道德上像我自己一样完善……"这些年轻人的心声,得到了很多人的间接佐证。不止一位熟人回忆起托尔斯泰,认为他冷淡骄傲,惹人生厌。

那么晚年的托尔斯泰呢?是性格发生了转变,还是一种成熟后的掩饰?垂垂老矣的托尔斯泰,脾气变温和了,也更有爱心了,做了很多帮助穷人的事情。但从他对妻子索菲亚的态度,以及他所宣扬的理论来看,他依然对人性要求过高。如前所述,我认为人性论是人对整个世界的认知的起点。托尔斯泰对私有制的否定,源于他对人类道德有着超乎现实的要求。在现实生活中,保护私有财产的社会制度,确实不是保证人人平等的完美制度,但它正视了人性，承认了人性——人是做不到全然无私的；人类的智慧和勤勉，在一定程度上受到财富的驱动；白白而得的财富，有可能助长懒惰和贪婪。

托尔斯泰对道德和人性的过高要求，农民显然达不到。但我们能够从上述的托尔斯泰心声中，依稀看出他寄希望于农民的逻辑，那就是：苦难让人拥有道德优势。吃苦越多越高尚，是因为那些遭受了苦难的人（比如农民），让托尔斯泰有理由大幅降低对他们的道德标准。在低标准的衡量之下，他们的确符合托尔斯泰的道德要求。也就是说，道德之准绳在于托尔斯泰自己。他提出高尚无私的理论，他至少相信自己是能够做到的。如果需要文学表达，他就把这个自己，投射到允许放低标准的人物身上。

我们甚至可以说，托尔斯泰这种自视甚高的骄傲，是导致他不愿以传统基督教理念来理解《圣经》的重大原因。我们从托尔斯泰早年的日记看到，一方面他毫不掩饰自己的骄傲，另一方面他又反复提及自己对《圣经》的喜爱和推崇，丝毫没有察觉《圣经》对于骄傲的痛恨。直到他五十岁时，怀着理解宗教的渴望，真正去了教堂，拜访了修道院，了解了神职人员和东正教教义，这才大吃一惊地发现，基督教居然是一个不断指责人类罪恶的宗教。走进这宗教的第一道门槛，就是要放低自己，把自己当作"罪人中的罪魁"（保罗语），彻彻底底忏悔自己的罪恶和无知。这在对智力和道德无比自信的托尔斯泰看来，很可能是不能接受的。虽然他没有明说，但他后来自创的那套神学理论，能够有力辅证我这一判断。

这种自信也使得托尔斯泰无法接受基督教理解《圣经》的方式。传统的理解方式，是把《圣经》看得比自己高。《圣经》是无误的，而人却会犯错。因为人的理性有限，人的本性有罪。但托尔斯泰却要让《圣经》屈就在自己的理性和道德感之下，按照自己的理解来对它进行扬弃。这也是为什么托尔斯泰早年愿意承认《圣经》无误，但在真正了解了基督教教义之后，他只看重《圣经》的极小一部分，而把其他部分视作荒唐不可信。

在前文中，我曾提及，陀思妥耶夫斯基和托尔斯泰在差不多同时期拜访了奥普蒂纳修道院。前者受益多多，后者却失望满满。很多人会将这两位大作家的文学成就进行比较，却很少意识到他们截然不同的信仰状态——而这是导致他们文学内核不同的根本所在。

陀思妥耶夫斯基的品行可能存在瑕疵，但他是一个忏悔者，他承认自己有罪，那部作为忏悔录而写成的《地下室手记》，正是以令人震惊的自剖开篇的："我是一个有病的人……我是一个心怀歹毒的人。我是一个其貌不扬的人。"

但托尔斯泰不是这样。虽然他对自己的道德想象，和别人眼中的形象差距不小。虽然他的理论被斥责是"假冒伪善",而根据这理论进行的实践遭受了一次次失败。但他不愿意承认自己的理论有误,更不愿意承认自己本性上和陀思妥耶夫斯基一样,是个有罪有限之人。他后半生里的每一天,都在努力磨平现实和理念之间的鸿沟,努力证明自己是个知行合一之人,是一个高尚的人,一个无私的人,一个圣人。这加深了——而非抚平了——那场从他五十岁时开始的精神危机。

在此过程中,托尔斯泰有没有怀疑过自己呢?我认为是有的。当我读到他的《谢尔盖神父》时,就觉得这是人类书写过的最伟大的"忏悔录"之一。里面满是对自我的拷问,对人类道德的怀疑,读来仿佛一首忧伤动人的哀歌。

之前我分析过,《安娜·卡列尼娜》里的列文,也是托尔斯泰本人的化身。但他和谢尔盖神父不同。列文是托尔斯泰的理智的化身,是作者借助笔下人物来直抒胸臆。写作《安娜·卡列尼娜》的那段时间，是托尔斯泰人生的重大转折点。而列文这个人物，则是托尔斯泰以理性求信仰的漫长艰途的前兆。而随即写就的名为《忏悔录》的小册子，里面并没有忏悔。它像是一个总结，回望了前半生的观念和信仰；但也更像是一个开端，一项宏大的智力工作的图景自此展开。

在我看来，始终存在两个托尔斯泰——思考者托尔斯泰和文学家托尔斯泰。在中年精神危机之后，这两个身份愈发互相撕裂。思考者托尔斯泰，试图用理性建构起一套关于生命的真正知识。而文学家托尔斯泰，则更深沉，更多疑，他不断向思考者托尔斯泰发出挑战和质疑。

《谢尔盖神父》就是这种挑战和质疑的产物。如果说，我们在列文身上看到了那个思考者托尔斯泰的端倪，那么在谢尔盖神父身上，我们则可以看到一个有罪之人对自己心灵的省视和忏悔。省视有多细微敏锐，忏悔就有多沉痛真诚。在经过后半生艰辛的思考，困苦的跋涉之后，托尔斯泰终于低下头颅，悄悄审视起自己灵魂深处的风暴。

《谢尔盖神父》的要义在于，探讨如何成为一个虔诚而圣洁的人。有些人据此便说这是部充满教条和说教的作品。我认为，这样的评价有失公允。和托尔斯泰那些硬邦邦的思想随笔不同，《谢尔盖神父》是柔软的，也是尖锐的，它展示了作者对人类灵魂深处最隐蔽的罪性的洞察力。在这一点上，我认为，托尔斯泰的深度和胆量，丝毫不逊色于陀思妥耶夫斯。

《谢尔盖神父》是一部中篇小说。托尔斯泰自1890年动笔，断断续续写了八年，到1898年才完成。他用在这部小作品上的时间，几乎和同时期的长篇巨著《复活》差不多（《复活》写作时间是1889至1899年）。但不同的是，直到托尔斯泰过世，《谢尔盖神父》才得以发表。为何不将它在生前发表？托尔斯泰向来喜欢把私人生活的细节写入小说，并且毫不在意被读者认出来。尤其是写于1889至1891年的中篇小说《克莱采奏鸣曲》，很多人认为托尔斯泰描写了自己的夫妻生活，结果上至沙皇，下至亲友，都同情起妻子索菲亚来。索菲亚感到尊严尽失，颜面无存，自此对丈夫心生芥蒂。

但《谢尔盖神父》不一样。这部作品所泄露的，不仅仅是私人生活。里面还有托尔斯泰最隐秘的困扰和忏悔。陀思妥耶夫斯基在《地下室手记》里写道："在任何人的回忆录里总有这样一些东西，除了自己的朋友外，他不愿意向所有的人公开。还有这样一些东西，他对朋友也不愿意公开，除非对他自己，而且还要保密。但是最后还有这样一些东西，这人连对他自己也害怕公开，可是这样的东西，任何一个正派人都积蓄了很多很多。就是说，甚至有这样的情况：这人越是正派，这样的东西就越多。"

托尔斯泰显然是个"正派人"。他也许不愿意像陀思妥耶夫斯基那样，对世人大声宣布："这是我内心最卑污的想法，大家都来看一看。"或者他甚至不愿流露蛛丝马迹，破坏他营造的那个"托尔斯泰形象"。总之，这部作品直到作者死后才被读者看到。姑且让我们回到作品，窥探文本和作者本人精神状态的隐秘关联。

《谢尔盖神父》的主人公斯捷潘·卡萨茨基，起初是公爵卡萨茨基，随后是神父谢尔盖，最后则是流浪汉卡萨茨基。

卡萨茨基公爵曾是年轻有为的美男子，仕途与爱情皆美。结婚前夕，发现未婚妻曾是沙皇的情妇。他进了修道院，三年后成为谢尔盖神父。这个抛弃世界、转向上帝的举动，一则出于骄傲受挫后的反弹，二则是被污辱所致的绝望。

起初，驱动谢尔盖神父的，仍然是骄傲，是凌驾于他人之上的优越感，以及由此而来的自我苛求。这种驱动力，曾使他在禁卫团中奋斗而成一位无可指责的军官；也使他在修道院中，尽心做一个十全十美的修士。

七年之后，谢尔盖神父厌倦了，麻木了。因为"须要学习的一切和须要做到的一切，他都做到了，此外再没有什么事情可做了"。他瞧不上喜交达人的修道院长，在修道院的第九年，他克制不住骄傲，向院长爆发怒气。

此后，神父谢尔盖成为隐修士谢尔盖。漫长的闭门隐修中，怀疑和肉欲煎熬他的心。四十九岁上，他以剁指挨痛的方式，抵挡住美艳妇人的诱惑。那妇人也受到内心震动，接受了苦行戒律。

此事使谢尔盖名声大盛。他发现自己拥有了祷告治病的能力，还拥有了名声、信任和爱。他开始厌烦人群，却乐意人群颂扬自己。他需要人们的爱，却觉得自己不再爱人们。"我做的事在多大程度上是为了上帝，在多大程度上为了人？"他被这个问题折磨。人群涌向他，上帝远离他。他迟疑不绝，难以割舍荣耀。

闭门隐修的情节，从戏剧冲突的角度来看，是毫不出彩的。但作者仍是通过对人物内心层次的描写，来把文本撑得丰盛饱满。肉欲的诱惑，理性的怀疑；荣耀和能力带来的冷漠；由冷漠引发的自我警醒，却又因虚荣心的挟持而放任自流。这里的每种心灵转折，都写得真实入微。若不是对自我极具洞察力的人，是不可能完成的。这样，在复杂的心灵困境中，五十六岁的谢尔盖神父遇见一位半痴不傻、卖弄风情的少女，轻易地在情欲上绊倒了。

对纯洁处女的向往，是谢尔盖身上的一根刺。当年，未婚妻主动告知自己不是处女的事实，使他深受震动，放弃了世上的一切。后来，他抵挡住了熟女荡妇的试探，却在年轻处女面前溃不成军。当处女的父亲告诉谢尔盖，自己的女儿才二十二岁时，谢尔盖的本能反应出人意料。"他很高兴。他还想知道她究竟漂亮不漂亮？他问她的病情，正是想知道她是不是具有女性的魅力。"这位对情欲具有非凡克制能力的神职人员,此时突然主动拥抱情欲的试探,并且内心毫无警醒。他迫不及待摇了铃,对侍者说:"让商人和他的女儿现在就来吧。"此时正如当初,他尚未察觉,在自己的灵魂深处,对处女的爱慕是隐藏最深的罪。

我们也可将之看作托尔斯泰对自己情欲的反思。托尔斯泰喜欢年轻单纯的处女,他十七岁的妻子索菲亚曾经如此。《安娜·卡列尼娜》中的吉蒂,《克莱采奏鸣曲》中波兹内舍夫的妻子,身上都有索菲亚的影子。除了头脑简单,忠诚也是托尔斯泰对女人的要求。作为托尔斯泰仰慕者的契诃夫曾在书信中提及,托尔斯泰对他的小说《宝贝儿》的赞美使他尴尬。因为托尔斯泰认为,那种宠物狗般对男人忠诚的女人是值得赞美的。

托尔斯泰对此不是没有反思。在《克莱采奏鸣曲》中,托尔斯泰借人物之口反思:"以婚姻终结情欲，谁知却无限陷在情欲之中。美的就是善的吗。拜倒在年轻处女裙下，还是情欲的原因，最终却因没有爱而悲惨结束。"

"拜倒在年轻处女裙下"的谢尔盖，结束了十三年隐修生涯，孤身离开。他受梦境指引，找到童年伙伴帕申卡。这个笨拙的女人，从小受尽屈辱和苦难。当老年的谢尔盖，走进老年的帕申卡家里，发现劳苦愁烦没有磨灭她的善良。"帕申卡正是我从前应该做而没有做到的人。我从前为人们活着，却以上帝为借口；她活着为了上帝，却以为她活着为了别人。"在这里，托尔斯泰虚构了一个完美人物。毫无疑问地，也是一个受尽苦难的人物。正如前面分析的，在托尔斯泰的价值坐标中，苦难让人拥有道德优势，吃苦越多越高尚。所以，最最高尚的帕申卡，必然是最最苦难的。

帕申卡是整部作品的钥匙型人物。很多古典作品都有这么一个人物，把作者隐藏在迷宫般的情节和人物设置背后的意图挑亮。比如在《卡拉马佐夫兄弟》里，佐西马长老是"钥匙"。在《悲惨世界》中，卞福汝主教是"钥匙"。他们和帕申卡一样，都热爱上帝，品质完美。不同的是，陀思妥耶夫斯基和雨果将神职人员作为了标杆，托尔斯泰却选择了一个最最卑微的底层人物。这样的设置和构思并没有优劣之分，但非常有意味地折射出这三位作者神学观点的微妙差异。

还有一个微妙差异，体现在三人让笔下人物灵魂重生的情节设置上。托尔斯泰让谢尔盖受到帕申卡生活状态的影响而重生；雨果让冉阿让在卞福汝主教宽容友善的行为的感召下重生；而陀思妥耶夫斯基却让卡拉马佐夫兄弟在死亡面前获得重生。这也是和他们不同的神学观念分别对应的。雨果是人本主义者；陀思妥耶夫斯基本人的信仰，和他笔下人物的一样，是在经历过死而复活之后，感受到自上而来的恩典；而托尔斯泰的神学观念，则是把传统基督教里那自上而来的"水和圣灵"的洗礼,替换成道德榜样的感召。

经过道德榜样帕申卡的启示,谢尔盖成为了流浪汉卡萨茨基。他四处游荡,为人们做事,并在接受感谢前及时离开。他在每一件平常琐事中,纳入自己的谦卑和爱。"世俗之见具有的意义越小,他就越强烈地感觉到上帝。"他因身份不明,被带进警察署。他说他没有证件,是上帝的奴仆。流浪汉卡萨茨基,被流放到西伯利亚。作者没有跟进描述他的死亡,也没有明确他的救赎问题。在开放的结局中,谢尔盖仿佛跋涉于旷野的以色列人,也仿佛困顿于有限肉体的任何一个人,在流浪和流放中,等待死亡的到来。

谢尔盖的生命轨迹,是从世界上的生活,转而面向上帝的隐居,最后又回到世界,以流浪状态结束生命,这是一个基督徒在上帝与世界之间寻求自身位置的过程。流浪是起初的,也是最终的隐喻。

谢尔盖的内心世界,则是另一条线索。如《约翰一书》所言:"因为凡世界上的事,就像肉体的情欲,眼目的情欲,并今生的骄傲,都不是从父来的,乃是从世界来的。"谢尔盖先后经历的试探,正有"今生的骄傲""肉体的情欲""眼目的情欲"。他发现情欲总是伴随着对上帝的怀疑而来。"他曾以为这是两个不同的敌人,其实这两者是相同的。怀疑一消除,淫欲也随之消灭。但是他始终认为,这是两个不同的魔鬼,一直同他们分别斗争。"

谢尔盖是优秀的,无论他转向哪个领域,都能成为佼佼者。而他所经历的试探,也是所有人生命中可能经历到的。他在历尽艰苦,绕过所有陷阱之后,却在一个贯穿他大半生的隐秘的罪恶上跌倒。在这里,托尔斯泰对人,哪怕是最优秀的人,看起来最有道德的人,都是怀疑的。他怀疑由骄傲和个人能力支撑起来的人生,怀疑人心里隐而未显的罪，也怀疑对上帝的信仰方式是否可靠。如此疑心重重的托尔斯泰是很罕见的。在后半段人生里，他总是表现得如此确定。确定自己要做什么，确定什么是对什么是错，确定自己信仰上帝的方式绝对正确。

托尔斯泰的最后一任秘书瓦连京·布尔加科夫，提及过一桩有意味的事。那是1910年2月，托尔斯泰最后出走及死亡的大半年之前，他做了一个怪梦："梦中的他手里提着从什么地方捡来的半截铁棒，在一个陌生的地方转悠。有一个人走近他的身后，对着周围一大群人窃窃私语：'看，托尔斯泰来了！这个异教徒，把我们大家都害苦了！'他愤然转向，一棒子就将诽谤他的那个人打死了。这个梦没有持续多久，他就醒过来了。他的嘴唇翕动着，似在嘀咕什么。""异教徒"，多么刺耳的质疑。这声音被托尔斯泰压制在心底。直至他入了梦，才从潜意识里溜出来，猛烈搅动他的安宁。

当我们通过日记和随笔，了解托尔斯泰的内心跋涉之路，就能很显而易见地看出，谢尔盖的人生路径，和托尔斯泰心灵路径的对应。早年的公爵卡萨茨基，因着骄傲的驱动，通过才华和努力，获得了功名利禄。这让我们看到年轻时野心勃勃的托尔斯泰的影子：他达到了文学成就的巅峰，却收获了虚无和痛苦。而神父谢尔盖的人生阶段，则昭示着托尔斯泰中年精神危机之后的漫长时光。他寻求信仰，建立理论，通过"托尔斯泰主义"吸引了大批追随者，但是这就像进入修道院七年之后的那个谢尔盖，他感到厌倦、麻木，因为"须要学习的一切和须要做到的一切，他都做到了，此外再没有什么事情可做了"。最后的流浪汉卡萨茨基，则是托尔斯泰长久以来想成为而不得的那个人。托尔斯泰多么想离家出走，挨户乞讨，蔑视一切，放弃一切，只为那"自由的狂喜"。

《谢尔盖神父》，是一则关于托尔斯泰本人灵魂状态的隐喻。他为了寻找生命的真理,长途跋涉,却始终在路上。他与上帝角力,也与自己角力。他认为理性是至高的,却又叹息说:"我是什么?理性对这些心灵的问题不作任何解答,只有意识深处的某种感觉在解答。自从有人类以来,他们解答这个问题不是用语言即理性的工具,不分生命的表象,而是用整个生命。"

写于 2019 年 6 月 28 日星期五

后记：今天我们为何还需要小说

一

早在一个世纪前，马克·吐温说过："有时候真实比小说更加荒诞，因为虚构是在一定逻辑下进行的，而现实往往毫无逻辑可言。"当他发下此言时，并不知道未来的网络和视频，会怎样冲击人类的日常生活，也没有想象过，手机的奴仆们，将怎样挣扎在光怪陆离的信息泡沫中。所以我难免突发奇想，或许可以回去采访一下：马克·吐温先生，既然真实已经如此荒诞，您为何不继续做个记录真实的记者，而要改行当一位以虚构为业的作家呢。

至少在近几年，这似乎成为一个值得追问的话题。2015年，白俄罗斯的阿列克谢耶维奇女士获得了诺贝尔文学奖。有人欢呼说，这是非虚构写作的胜利。也是在近几年，我阅读到一些中外媒体人写作的特稿。他们用文学技巧来写作新闻事件，准确、抓人、充满细节感。类似的方式可以回溯到美国的新新闻主义写作。1966年，杜鲁门·卡波特写了《冷血》，这部根据真人真事创作而成的小说被称为"非虚构小说"。传媒界接过概念，将"新新闻主义写作"发扬起来，出现了《王国与权力》《出类拔萃之辈》等优秀的非虚构作品。1979年，我个人非常喜爱的一本新新闻主义写作代表作诞生了，诺曼·梅勒的《刽子手之歌》。与《冷血》类似，它也讲述了真实的新闻——一起枪杀事件及漩涡般的后续反应。

除了新闻写作文学化，还有一些历史学著作，也写得像小说一样好看。比如著名的《万历十五年》，撇开学术性不谈，文笔至少是可观的。倘若在毫无准备的情况下，翻开第一页，或许误以为翻开了一本小说呢："这一年阳历的3月2日，北京城内街道两边的冰雪尚未解冻。天气虽然不算酷寒，但树枝还没有发芽，不是户外活动的良好季节。然而在当日的午餐时分，大街上却熙熙攘攘。原来是消息传来，皇帝陛下要举行午朝大典，文武百官不敢怠慢，立即奔赴皇城。乘轿的高级官员，还有机会在轿中整理冠带；徒步的低级官员，从六部衙门到皇城，路程逾一里有半，抵达时喘息未定，也就顾不得再在外表上细加整饰了。"有景，有人，有细节，娓娓道来。

还有史景迁，也是一位"讲故事型"历史学

家。当初阅读他的《王氏之死》，印象非常深刻。那本薄薄的小册子，讲述了清朝初年，山东郯城、淄川农村的一则历史小插曲。一名叫作王氏的农妇不堪生活重负，与人私奔，最后惨死于情夫手下。相比《万历十五年》，此书就更接近小说了，因为它书写了宏大时代中的一名小小人物。这种小切口式的截裁手法，也是属于小说的。

所以，我难免发问了：我们有目不暇接的现实，丰富曲折的历史，我们有笔触细腻的特稿记者，擅讲故事的历史学家，为什么还需要虚构和小说呢，马克·吐温先生？

二

不妨让我们从文本出发，辨析这个问题。

布尔加科夫的《大师与玛格丽特》，是整个二十世纪最独特的俄语长篇小说。这部作品也描述苦难,书写历史,但其中没有愤怒,没有对现实的直接描摹。关于苦难和死亡的思考是形而上的。小说描写的魔鬼,看来并不那么可恶,有时还挺可爱的。他把1930年的莫斯科搅得底朝天:谎言被揭穿,贪欲遭戏弄,好戏一出接一出。荒诞中有真实,邪恶里有快意。魔鬼犹如一面镜子,照出莫斯科小市民的虚伪和猥琐。

布尔加科夫的魔鬼叫作"沃兰德",这个名字源于《浮士德》。事实上《大师与玛格丽特》的题记诗句,就是引自《浮士德》:"……那你究竟是谁?""是那种力的一部分,/总欲作恶,/却一贯行善。"这话什么意思,为何想作恶,却又行善呢?在小说另一处,魔鬼沃兰德对耶稣的门徒马太说:"假如世上不存在恶,你的善还能有什么作为?假如从地球上去掉阴暗,地球将会是个什么样子?要知道,阴影是由人和物而生的。"在布尔加科夫笔下,善恶都在上帝的秩序里。有暗的存在,才能辨别光;有恶的存在,才能认识善。而且,在更高远的意义上,恶的存在是为了成就善。

布尔加科夫的写作是沉思式的。相比控诉敌人,直视自己的人性更需要勇气。你跟你的敌人截然不同吗?贪婪、嫉妒、争斗、谎言……这些人性的软弱,真的与你无关吗?其实,"阴影是由人和物而生的"。

历史的罪恶,是人的罪恶;政治的黑暗,是人的黑暗。我们常说要反思。当一个人仅仅反思别人时,他便控诉。当一个人开始反思自己时,他才会有忏悔。文学中的忏悔传统,使得文学超越了单纯反映现实的维度。就像在阅读布尔加科夫时,我们看到他的反思是双向的。没有大是大非的批判,只有关于善恶关系的思考("假如世上不存在恶,你的善还能有什么作为?");没有勇敢与正义的单向度展现,而是走到勇敢背面,洞视人性的亏缺("怯懦才是人类缺陷中最最可怕的缺陷。")。布尔加科夫思考"为什么"。

一部能够穿透所有时代的文学作品,必然思考更为恒定和本质的事物。它并不仅仅在统计历史,对政治发表看法,或者控诉具体的敌人。它考察身处时空中的个人,探究他对苦难的回应,关于死亡的态度,以及他灵魂最幽深处的秘密。这是我所理解的"文学逻辑"的特征之一。

三

美国唯一的小说、诗歌双料普利策奖获得者,"继福克纳之后最杰出的南方小说家"罗伯特·佩恩·沃伦,写过一本以真人为原型的小说《国王的人马》,主人公威利·斯塔克的原型,是二十世纪三十年代美国路易斯安那州的州长休伊·斯。这位农家子弟起初心怀美好的政治理想,当上州长后却变得独裁贪腐,最后被一名医生枪杀身亡。作者在尾声里写道:"在他们那个时代,思想和实际可怕地分裂了……"为了体现这种分裂,小说人物都成双成对出现:与人为善的医生亚当与作恶多端的政客威利;献身宗教的博学律师与貌似正义的心机法官;威利纯真的妻子露西与富有手段的情妇萨迪·伯克;颇具美德的凯斯舅舅与实用主义的吉尔伯特舅舅……

值得注意的是,"舅舅们"的故事是硬性嵌入的,与其他情节全无关联,仿佛作者编织在小说中的"主导动机"。沃伦借助叙述者,对两位舅舅发表了感慨:"也许吉尔伯特·马斯敦这样的人在任何世界里都能得其所哉。而凯斯·马斯敦一类人在任何世界都不会舒适自在。"亚当、律师、露西、凯斯,属于一类人;法官、萨迪、吉尔伯特,是另一类人。主角威利被社会甩了耳光之后,从前一类人变成后一类人。然而,《国王的人马》不是一部单纯关于"好人/坏人"的小说,否则怎会像凯斯舅舅说的："世界上到处都是好人，可世界仍然冲向黑暗和盲目。"

"好人"凯斯舅舅做过坏事：偷了朋友、恩人的妻子，导致后者自杀。偷情开始时，凯斯发现"对于自己卑鄙堕落的行为并不感到悔恨或恐怖，只感到难以置信"。他自我分析道："人在初次破坏一个习惯时会感到怀疑，而在违背原则时会感到恐怖。因此，我过去所知道的美德与荣誉感纯属偶然的习惯，并非意志的结果。"友人因为自己而死去，美德终于不再只是习惯。凯斯开始背起十字架，以自杀式的英勇，在战场上完成了赎罪。

这并非仅有的一次赎罪。小说中的律师发现妻子和最好的朋友偷情，自家孩子其实也是朋友的骨肉，他便将财产留给妻子，不发一言地"委身"教会去了。他四处宣讲教义，接济残弱，被街坊称为"圣人"，被不明真相的儿子称为"傻瓜"。他面对罪恶的反应，是替他人背起十字架。

在我看来，这两个游离于主线之外的小插曲，使得整部作品的价值跃然而升，也使《国王的人马》成为一个好范本，让我们得以考察，真正的文学和纪实报告区别在哪里。

"世界上到处都是好人，可世界仍然冲向黑暗和盲目。"这是一种布尔加科夫式的浅显表述。《国王的人马》里没有截然区分的好人坏人，每个人都身处善与恶的阴影地带。小说不是用来分辨善恶的。事实上，不要分辨善恶，是上帝对人类的第一个教诲，他对伊甸园中的亚当说：分辨善恶知识树上的果子不能吃。亚里士多德在《尼各马可伦理学》中区分了两种善："作为一种性质的善"和"作为一种关系的善"。前者因表现了善之共相而被称为善，后者因成为有用之事而被称为善。摩尔在此基础上说"善是简单的、非自然的、不可定义的特定事物的质"。概括而言，善这个概念是高于人类理性的，是超越了语言表述能力的。故而上帝禁止亚当吃分别善恶知识树上的果子。善恶的绝对标准在于神，不在于人。人自以为神，自行分辨善恶，就会把于己有用之事当作善。这种利己心就是堕落和罪。这也是为什么，人应该看清自己的局限。

对于善恶的难以分辨，沃伦说出了一个层面的意思：善似乎陷于黑暗和无目的之中。布尔加科夫则说出了另一层面的意思：恶的存在是为了成就善。在表述这种有限性和无力感时，文学超越了政治学、历史学和伦理学。好的小说不是道德批判，不提供标准答案，小说独一无二的价值，在于它能包容人类自身无法解决的混乱和悖论。所以小说存在着，在漫长的时间里，窥探着我们的灵魂，刺激我们不断省视混沌的道德和不可避免的死亡。

在此认识下，回头看《王氏之死》，就能意识到，它与真正的文学作品区别在于：它的目的不是写王氏，写死亡，或者写生存、私奔、背叛、谋杀等行为呈现出的人性状况,更无意于探讨人类永恒而普遍的道德困境和死亡命题。王氏不过是历史学家的道具,是一出面目模糊的皮影戏的参演者,把她换成张氏、李氏,也是可以的。史景迁把这位村妇摆上台面,无非为了展现她身后的历史——明末清初的山东郯县的民情。《王氏之死》一书的副标题是《大历史背后的小人物命运》,这里的小人物命运,是依附于大历史的。历史叙述有自己的框架和路径,它和文学的路径截然不同。

四

也许有人会说,让我们放过历史学家,来谈谈特稿吧。这类非虚构文字,有时看起来真像小说。比如某些普利策特稿写作奖作品,娴熟运用了白描手法和可视化叙事,甚至使用第一人称,不回避自己的感情色彩,加之描写的是面目立体的小人物，使得我们似乎有理由认为，唯一的区别在于，小说更多地出自作者的想象，特稿则是描述客观真实。

曾有一位优秀的中国媒体人，这样谈论他的特稿写作，"（我）始终希望用一个充满戏剧张力的小故事，指向这个国家的重大问题，无论它是体育举国体制、艾滋病危机、通货膨胀对乡村生活的影响还是都市中的文化嬗变"。

小故事，大问题，这是特稿的逻辑，而文学的逻辑不仅仅是"以小见大"，除了重大的社会问题，好的传世文学作品还给读者留下了单个的人物形象，于连、洛丽塔、安娜·卡列尼娜、日瓦戈医生、包法利夫人……

比如，张爱玲是敏锐的，她的敏锐体现在对人的体察上。这种体察有刻薄，也有怜悯，能用于描写都市男女，也可以用以打量农村百态。她关注的是人的尊严和生命。她会从单个的人物起笔，描述出一场席卷大地的大事件，写到最后，落脚点却还是回到人的问题上。

夏志清先生或是第一位高度评价张爱玲的学者了。他说她是"今日中国最优秀最重要的作家"；《金锁记》是"中国从古以来最伟大的中篇小说"。夏志清重新评价的作家，还包括钱锺书、张天翼、沈从文、萧红等。他的评价标准稳定而清晰，那就是回到文学本身，回到人。夏志清的"文学标准"是将文学从各种非文学的捆绑中释放出来。

比如，常被误认为历史小说的《日瓦戈医生》，其实是一部个人历史，为的是探讨一个人的死亡问题。在帕斯捷尔纳克看来，"历史就是要确定世世代代关于死亡之谜的解释以及对如何战胜它的探索"。"把历史看成人类借助时代的种种现象和记忆而建造起来的第二宇宙，并用它作为对死亡的回答。"帕斯捷尔纳克五十六岁那年，父亲在英国去世了。他给亲人写信说："我已经老了，说不定我哪一天就会死掉。"为了这个原因,他不顾可能的政治风险,开始写作《日瓦戈医生》。

又比如《安娜·卡列尼娜》。年少时候总以为这部小说反映了特定历史时期,资产阶级妇女突破樊笼,追求爱情和个性解放云云。近年重读,发现在一个大的秩序中,安娜代表着人类往下堕落的状态。与她对应的列文那条线索,则表现了一个人不断向上仰望的状态。列文经历了哥哥的死亡,儿子的出生,经历了爱情、婚姻、工作,他对一切具体事物的思考中,包含了对生命本身的沉思。其实这可以看作托尔斯泰本人的思考。我们在托尔斯泰稍后写作的思想随笔《忏悔录》中可以清晰地看到,列文的问题,就是托尔斯泰的问题。列文的身上,就有托尔斯泰的影子。《忏悔录》写了托尔斯泰对自己和上帝关系的思考。在一生之中,他忽而远离上帝,忽而想要抓住上帝,他的理性与那看不见的信仰互相角逐。在《忏悔录》最后,托尔斯泰写自己悬空躺在深渊之上,保持仰望的姿势,这让他舒服,也让他安心。我们比照《安娜·卡列尼娜》的结尾,可以看到列文有相似的思考,他有困惑,但是他仰望:"而信仰——或者不是信仰——我不知道它是什么,——但是这种感情也历经种种苦难不知不觉间进入了我的心灵,并且牢牢地扎下了根……现在我拥有着让生活具有善的意义的权利!""向下堕落"与"向上仰望"构成生命的整全状态。这里没有批判,也不是非此即彼。因为每个人都既是安娜,又是列文。正如托尔斯泰本人所言:"人不是一个确定的常数,而是某种变化着的,有时堕落、有时向上的东西。"由此可见,《安娜·卡列尼娜》写作的出发点,不是描写历史,更不是阶级控诉,而是托尔斯泰对于人类道德状态和生命状态的思考。

五

福楼拜在1852年致友人路易丝·科莱的信中说:"我认为精彩的,我愿意写的,是一本不谈任何问题的书,一本无任何外在捆缚物的书,这书只靠文笔的内在力量支撑,犹如没有支撑物的地球悬在空中。"

"文笔的内在力量"是什么?在我看来,就是语言的力量,创造的力量。上帝用语言创造世界,说要有光,就有了光。作家的写作,是一个较低层面上的模拟创世行为。文学作品是个人精神的产物,是纳博科夫说的"由天才个体想象创造出的一个特殊世界"。

然而,我们并不能因此说,文学是主观的、想象的,非虚构是客观的、真实的。所有人说出来的话,写出来的字,都是主观的,都经过遴选和组织,都已被情感、记忆、自我维护的本能所洗刷。事实一经说出,即被窄化和扭曲。在不同叙述人口中,在各个记录者笔下,呈现出不同的面目。

黑泽明的电影《罗生门》,改编自芥川龙之介的短篇小说《筱竹丛中》,讲述了一名武士被杀,引起各嫌疑人之间的互相指控。每个人都在撒谎和自我辩护,每个人讲述的版本都不相同。这让我想起《罗马书》所言,"唯有上帝是真实的,人类个个都是撒谎者"。"罗生门"这个词,后来成为了各执其词、真相难寻的意思。

在书写大事件时,写作者采访尽量多的人,收集尽量多的资料,信源互相佐证,帮助写作者趋近真实。注意,是"趋近",而非"完全抵达"。现实是由无数细节组成的,再多资料都不能穷尽细节,更不能保证完全准确。何况如前所述,所有的语言文字,都经过观念筛选。叙述者、记录者、写作者,一层又一层。科尔姆·托宾说:作家的真我隐匿在他的小说里。事实上,任何人的真我都隐匿在他的语言中。

相比大事件,小事件由于涉事者少,真相就更难还原了。比如夫妻俩关门吵架,谁的事后表述更可信?有句话叫"公说公有理,婆说婆有理",还有句话叫"清官难断家务事"。说的正是面对不同表述时,难以判断取舍。人性是幽深的,摇曳不定的,难于概括的。作者需要选择他所相信的,书写他所认同的。选择和认同的标准,源于对人性的体察与怜悯。体察源于自己,怜悯及于他人。由此而生的想象力,往往更趋近人性的真实。

也正因如此,哈罗德·布鲁姆会说:"为什么要阅读?因为你仅能够亲密地认识非常少的几个人,也许你根本就没有认识他们……"他提到托马斯·曼的《魔山》,"在读了《魔山》之后,你彻底地认识了汉斯·卡斯托尔普,而他是非常值得认识的"。布鲁姆的口气听起来,仿佛这位虚构而成的人物卡斯托尔普，倒比真实人物更可信似的。当小说读者具备了相为匹配的人性体察能力时，阅读便成为一种读者与作者的想象力的共谋。

是的，小说的核心品质恰恰不是虚构，而是真实。虚构不是真实的对立面，而是变形的真实。小说凭借着什么，去建构另一世界呢？是记忆。所有体验、感悟、表现、洞视，乃至想象力，都是记忆的衍生。小说世界与现实具备关联，并行同构。

伟大的加西亚·马尔克斯，构建了最光怪陆离的小说世界之一。他写一个漂亮女人裹着毯子飞到天上去了，却仍坚持说自己是现实主义作家。他认为神奇或魔幻只是每日可见的事实，决不是作家"制造的"、"改变的"、"写得不可认识"的："一切的现实，实际上都比我们想象的神奇得多"。

勇于探索形式的先锋派作家罗伯-格里耶在《为了一种新小说》中说："所有作家都认为自己是现实主义者。从没人说自己是抽象派，印象派，空想派，幻想派……如果所有作家都聚在同一面大旗之下，他们并不会就现实主义达成共识，只会用他们各执一词的现实主义互相厮杀。"评论家詹姆斯·伍德则说："众所周知的文学悖论，即诗人和小说家循环往复地攻击某种现实主义，为的是宣传他们自己的现实主义。"

果戈里的小说似乎是在描写俄国的现实，纳博科夫却说它们是想象力的产物。加西亚·马尔克斯的小说读起来荒诞不经，他却一口咬定是写拉丁美洲的现实。也许并非这些"职业撒谎者"（帕慕克语）故意把水搅浑，而是事情本就比我们认为的更复杂。

小说是人类语言的创造物。人的语言无法穷尽这个世界，也无法穷尽一个人的内心。语言横亘于外在世界和人类内心之间，让一切变得模糊、复杂、夹缠不清。马尔克斯说："最大的挑战是无法用常规之法使人相信我们真实的生活。朋友们，这就是我们孤独的症结所在。"要应对这个"最大的挑战",必须把语言从"常规之法"中拓展出去。这是文学最独特的工作。

到这里,我意识到一个重大的细分命题。当我们说出现实主义这个古典的概念的时候,事实上在文学史的层面,一直存在着两种不同路径的现实主义,第一种是日常经验层面的现实主义,致力于对此在世界的叙述;第二种是基于人类想象力的现实主义,基于对人类语言的想象力图景的叙述。两种现实主义之间叠加出来的共同空间,就是语言的空间和语言的边界。

语言是一个无限隐秘的世界,一方面是作为表象的语言的符号,另一方面是作为想象力的显在和隐在的世界图景。这是语言哲学家维特根斯坦的表述。事实上他还说过,我的世界的边界就是我的语言的边界。一个以语言为手段的人,他或她到底有多大的想象力和创造力,这是一个问题。所以,真正的现实主义，一方面涵盖了当下触手可及的现实主义，但更加重要、更加具有本质意义的现实主义，是借助语言的创造性力量所构建出来的想象的现实主义。想象的重要工具是语言，语言能抵达多远，现实就有多远。语言有多深邃，现实就有多深邃。这是一个从语言到现实的创造性逻辑，而不是从现实到语言的简单叙述。某种意义上，伟大的小说家都在想象力的语言地带，努力创造着属于他的现实世界。每个伟大的小说家都是一个小型的造物主，这是他们的力量，也是他们的悲伤。因为，无论他们能创造出多么绚烂的笔下世界，那个世界都是局部的、有限的、充满缺陷的。即使最具智慧的小说家，都不得不臣服于一个事实："其实你不过是人，并不是神。"（《以西结书》 28：2）

初稿于 2016 年 1 月 4 日星期一

修改于 2016 年 7 月 15 日星期五

图书在版编目（CIP）数据

静默书 / 任晓雯著. -- 上海：上海文艺出版社,2024
ISBN 978-7-5321-8811-6

Ⅰ.①静… Ⅱ.①任… Ⅲ.①随笔－作品集－中国－当代
Ⅳ.①I267.1
中国国家版本馆CIP数据核字(2023)第166425号

本书为2022年度上海文化发展基金会资助项目

发 行 人：毕　胜
策　　划：李伟长
责任编辑：崔　莉
装帧设计：钱　祯
封面插画：施晓颉×公号：痴吃喵

书　　名：静默书
作　　者：任晓雯
出　　版：上海世纪出版集团　上海文艺出版社
地　　址：上海市闵行区号景路159弄A座2楼　201101
发　　行：上海文艺出版社发行中心
　　　　　上海市闵行区号景路159弄A座2楼206室　201101　www.ewen.co
印　　刷：浙江中恒世纪印务有限公司
开　　本：787×1092　1/32
印　　张：7
插　　页：5
字　　数：87,000
印　　次：2024年3月第1版　2024年3月第1次印刷
ＩＳＢＮ：978-7-5321-8811-6/I·6944
定　　价：58.00元
告 读 者：如发现本书有质量问题请与印刷厂质量科联系　T:0571-88855633